41℃演讲

蒋军晶/著

天津出版传媒集团
新蕾出版社

图书在版编目 (CIP) 数据

41°C 演讲 / 蒋军晶著. -- 天津 : 新蕾出版社,
2020.3(2024.2 重印)
ISBN 978-7-5307-6942-3

Ⅰ. ①4… Ⅱ. ①蒋… Ⅲ. ①长篇小说-中国-当代
Ⅳ. ①I247.5

中国版本图书馆 CIP 数据核字(2019)第 271660 号

书　　名:41°C 演讲　41°C YANJIANG
出版发行:天津出版传媒集团
　　　　　新蕾出版社
http://www.newbuds.com.cn
地　　址:天津市和平区西康路 35 号(300051)
出 版 人:马玉秀
电　　话:总编办(022)23332422
　　　　　发行部(022)23332351　23332679
传　　真:(022)23332422
经　　销:全国新华书店
印　　刷:天津新华印务有限公司
开　　本:880mm×1230mm　1/32
字　　数:62 千字
印　　张:6
版　　次:2020 年 3 月第 1 版　2024 年 2 月第 6 次印刷
定　　价:26.00 元

感谢“博雅少年说”演讲比赛

赋予我这部小说最初的创作灵感及部分素材。

目录

1.过　敏

如果你是老师，那你一定会收到很多家长写的纸条——因为孩子“过敏”请求照顾的便条。

是的，不对一两样东西“过敏”，简直都不能称之为一个现代孩子。

过敏会引发各种症状——打喷嚏、流鼻涕、流眼泪、咳嗽、皮肤瘙痒，厉害点就是呕吐、拉肚子。

孩子们最讨厌的就是拉肚子，身体的其他状况都还好，但是肚子不舒服时做动作要控制幅度，每放一个屁都得小心翼翼，因为这些屁完全不值得信任，谁知道出来的是什么呢。

别说症状了,“过敏原”也是五花八门。

有的是对尘螨过敏,有的是对花粉过敏,有的是对某种气味过敏。

更多的是对食物过敏，不能吃的东西实在是太多了:不能吃鸡蛋,不能吃虾,不能吃西蓝花,不能吃鸭脖子,不能吃香菜,有的孩子都搞不清楚自己还能吃什么。

夏天也是过敏性体质,不过,夏天的过敏与众不同、自成一格——他是对某些词语过敏。

夏天对“一定”“肯定”这类词语特别敏感,这听起来真的是一件很酷的事情。

例如,你对夏天说:“今年夏天应该很热。”这没有任何问题。但如果你说:“今年夏天一定很热。”夏天就会盯着你看,然后发问:“为什么是‘一定’?”

其实夏天的疑问不是没有道理,即使天气预报说今年夏天会很热,你也不能这么肯定。就像去年,天气预报说冬天会下雪,让全城的人兴奋了半个月。对于这个南方城市来说,下雪比下面这些事更让人期待:

假日出太阳，

春天开油菜花，

雨后挂两道彩虹，

夏夜满天繁星。

结果，最后连半片雪花都没飘下来。

夏天只是希望别人把话说得更准确一些。“大多”“也许”这些词语，确实让话变得软绵绵的，显得没什么气势，但这些词语能让语言更加严谨、准确。

上学以后，夏天的“过敏症”没有丝毫改善的迹象，这也与爷爷的“纵容”有关。

一天，隔壁的李爷爷指着一棵果树说：“这一定是一棵柚子树。”

现在的孩子只知道花，却分不清梨花、杏花、桃花；只知道树，却不知道樟树、槭树、楝树的区别；只知道草，却不知道狗尾巴草、大琉璃草、地毯草究竟长什么样。本来李爷爷想炫耀一下他在植物学方面的丰富学识，结果夏天一听到“一定”这个词，就忍不住问道：“为什么是‘一定’，没有可能弄错吗？”

李爷爷生气了："我怎么可能弄错？我都六十五岁了。"这叫什么话，这棵树是不是柚子树和六十五岁有什么关系？

爷爷也觉得夏天说得有道理，就和夏天一起查。他们去问物业，物业的工作人员也不知道，他们就打电话给负责小区绿化的单位，最后查出来那确实不是柚子树，是香泡树。两种树的果实很像，但香泡就是香泡，柚子就是柚子。后来，李爷爷两个礼拜不愿意和老夏下棋，老夏就是夏天的爷爷。

例如那天，窗外有雾，连一棵树都看不清。一只蚊子卡在了纱窗上，无法前进，也后退不了。

奶奶在一旁兴致勃勃地分析："这只蚊子一定是想从这里飞出去，没看清，结果被卡死了。"

夏天却当真了："为什么是'一定'呢？你看它的腿脚都是完好的，没有挣扎过的迹象，不太可能是被卡死的呀。"

奶奶笑着说："那一定是被你爷爷的汗毛害的。你爷爷的汗毛太长了，蚊子的嘴够不到你爷爷的皮肤，喝不上血，饿得没力气了。这只蚊子一定有低血糖，飞到这里的时候晕倒了。"

夏天还是不满意:“为什么‘一定’是被爷爷的汗毛害的呀？如果蚊子的进攻能力这么弱,那国外的蚊子早就饿死了,那些欧洲人的体毛都很长的。”

爷爷呢,也站在夏天这边,和奶奶辩论。那天的辩论最终能停下来,是因为夏天妈妈在旁边慢吞吞地说:“蚊子是被我用灭蚊水喷死的。”

奶奶真是要气死了，但她只骂爷爷:“你知道我在开玩笑,你还和他一起瞎捣乱。”

奶奶没骂夏天,但她对着夏天叹气:“以后肯定不会有女孩子喜欢你这样的人——一点儿生活情趣都没有。”

夏天又问:“奶奶,你为什么这么肯定没人会喜欢我？”

奶奶真是无语了。

夏天的爸爸妈妈对此也很有意见。这个社会不喜欢很难相处的人,不喜欢那种太轴、太较真儿、爱钻牛角尖的人。其实夏天的爸爸妈妈也是借题发挥,他们想借此提醒爷爷在教育夏天方面不能太娇宠,会宠出问题的。

但是爸爸妈妈的“埋怨”也不敢大张旗鼓,他们怕爷爷说“你们不放心,就把孩子带回家去”。每次爷爷说这句话,夏天的爸爸妈妈就不作声了。他们工作太忙了,没有时间照顾夏天。

但有一件事让夏天感到很奇怪:妈妈这么忙,忙得没时间照顾自己,却似乎有大把时间去了解别人家的孩子。

每次妈妈有空的时候,就会谈到别人家的孩子。那天在饭桌上,妈妈又来了。

妈妈说她有一个闺蜜,闺蜜的孩子那真是优秀,最喜欢去的地方就是图书馆,经常会从图书馆借来一堆又一堆的好书。

妈妈说她有一个同事,同事的孩子简直是技艺娴熟的画家,任何东西只要瞄上一眼就能画出来,将来考中国美院是绝对没问题的。

妈妈说她坐火车时认识了一个人,那人的孩子今年十二岁,成绩单上全是A,在“华罗庚金杯”数学邀请赛中获得过两次一等奖。

爷爷忍不住了,问:“那夏天有什么优点呢——你的儿子?”

妈妈脸红了一下，夹了一块肉放进碗里，忽然又想到自己要减肥不吃肉，就把肉放在碗边的餐巾纸上。

夏天想笑。

2.老师们的“夏天原则”

因为爷爷,夏天上学以后,仍然是一个有勇气的孩子。

当然,夏天所展示的勇气不是将身体倒悬在最高的那根杆子上,或者在校长的办公桌抽屉里放只蟑螂之类的。

他的勇气表现在对词语的无比执着上,这个词语就是——一定。

其实,班里有一两个特别的孩子也很正常。老师当久了,也不希望学生每次回答问题都是那种标准答案,如果有一两个学生能说出一些特别好玩儿、特别令人着迷的答案,课堂会变得有趣一些。

所以，刚开始时，老师们还挺喜欢夏天，他们会说“我们班有个孩子蛮有趣的”。

但时间长了，他们就有些害怕夏天了，因为夏天太爱追着问问题了。

一次，美术老师在课堂上说：“红配紫，臭狗屎。所以穿衣打扮时，一定不要把红色和紫色搭配在一起。”正当美术老师享受发表一个伟大观点的快感时，夏天就发问道：“为什么是‘一定’呢，红色真的一定不能搭配紫色吗？”美术老师没有回答，她让夏天自己去查找答案。结果第二天，夏天真的找来了巴黎时装周的流行新款，主打色就是红色和紫色，现在在网上搜索信息实在是太方便了。

校长也吃过夏天的苦头，他们的学校叫“下坡路小学”，就是因为学校门口有一条路有些坡度。有坡度可以叫“上坡路”，为什么叫“下坡路”呢？太难听了，有时候外校的老师来参观，笑点低的当场就笑出声来了。所以校长一直想给学校改名，这是他当校长五年来最想解决的一件事。校长把新校名都想好了——××市第一小学。校长在周一的晨会上征求意见时说:“所有人都会喜欢这个新校名的,一定。”校长说得也没什么大错,现在学校起名字都想在前面加个“第一”或者范围大一些的地名,这样就显得特别响亮、特别霸气,例如中国××学院、中国××大学、××市第一中学……可是夏天又不信这个邪了,校名为什么一定要这样起呢?前面加个小镇子、小村庄、小路的名字就不可以吗?就不响亮了吗?第二天他就找来了例子:牛津、剑桥都是一些不起眼儿的小镇,可是人家的大学就叫牛津大学、剑桥大学。

老师们慢慢明白:这个世界很少有事情是“一定”的,大多数事情是经不起推敲的。“地球一定是宇宙的中心”这句话被说了成百上千年,被奉为真理。但有一天,有人问:“地球一定是宇宙的中心吗?”结果,一个叫哥白尼的家伙说太阳才是宇宙的中心。可问题又来了:宇宙的中心一定是太阳吗?

当然,老师也知道夏天不是故意捣乱,他就是对“一定”这类词语过敏而已。但是,夏天的这个“过敏症”给他们的教学确确实实带来了困扰。爷爷反正退休了,有大把的时间陪夏天质疑、查证。但老师的工作实在太忙了,学生们都这样

问,课就没法儿上了。

因此,教夏天的老师“因材施教”,总结出了教学上的“夏天原则”。

原则一:说话时尽量不用“一定”“肯定”这样的词语。

原则二:如果忘了第一条,就对夏天说:“如果你不信,就自己去查呀。”

吴老师是把“夏天原则”运用得最好的。

那天吴老师上语文课。

课本里有一篇文章《地震中的父与子》。

文章的开头写道:1989 年,美国洛杉矶发生大地震。

夏天就问:“1989 年,洛杉矶真的发生过大地震吗?”

吴老师回答:“这还用问,一定发生过大地震哪,课文里都写着呢。”当“一定”这个词说出口的时候,吴老师心里咯噔了一下,但这就像泼出去的水,想收回已经来不及了。

“课文里写的就一定是真的吗?”夏天不服气了。

夏天这种执拗的眼神,吴老师太熟悉了。于是,他开始执行第二条原则，轻描淡写地对夏天说："如果你不信，就自己去查呀。"

两天后，夏天就拿了一沓资料到教室里。他说，1989 年，美国洛杉矶根本没有发生过地震。1994 年 1 月 17 号，美国洛杉矶倒是发生过地震，但地震时间是当地时间凌晨四点多，那个时间学校里面是不会有学生的。

在事实面前强词夺理并不是一件聪明的事，于是吴老师顺水推舟——哇，夏天，这么重要的发现你可以写信给教材的编辑。

夏天真的写了一封长长的信，然后把信交给吴老师，吴老师随手把信放在了抽屉里。

那天吴老师下班后就去打篮球了，夏天写的那封信他自然也就忘记了，就那么被扔在抽屉里。

抽屉嘛，本来就是放一些被人遗忘的东西的。

如果没有猜错，五年级所有老师的抽屉里都有夏天写的东西，什么信啦，数学题的另一种证明方法啦，查找的资料啦……

即使吴老师能把“夏天原则”运用得那么纯熟，有时候也会被夏天问得不耐烦。老师当得这么小心翼翼，太憋屈了，这个时候他们就忍不住对夏天说：“如果你碰上李老师，你就知道怎么当学生了。”

老师们说“夏天碰到李老师”就像在说“火星撞上地球”。

砰——

你似乎都能听到那巨大的撞击声。

3.李老师出场

夏天所在的学校，是一所藏在弄堂里的小学校。

大家都说，这所学校什么都好，就是太小。

这样一所学校，就像大人脸上的“空心痣”。它虽然是颗痣，但不大，也不黑，不引人注目，很容易被忽略。但是生活在学校里的人，还是会感觉到许多不便。

因为小，学校就没有操场，空地是有一块，但没有跑道的空地还能算操场吗？空地上只有两个篮球架，还不是面对面立在那里的，是并排的。两条“三分线”恨不得交叉在一起——操场就这么小。

因为小，老师们的办公环境就非常令人同情。那些楼梯拐角处的储物间全都被改造成了办公室，三平米的逼仄的空间拥挤得让人绝望，因为要塞下的东西实在太多了：

先是要塞下三张堆满作业本的办公桌，还有桶装水以及一个带玻璃门的书柜。

还要塞下老师的许多包包，课间休息的时候还要塞下许多孩子——作业没做的、用铅笔把别人划伤的、来打小报告的……

这还没完，如果打开门，还要挤进从走廊里传来的打闹声、厕所里飘来的异味……

在这样的环境里，李老师的“演讲教室”就显得非常奢侈。李老师在这间教室里上社团课，有时也在这里办公。

李老师的演讲教室除了北面的窗户，另外三面墙全都改成了书架，书架是用实木做的，淡黄色，顶天立地，非常阔气。一个个三十厘米见方的格子里放满了书，全是孩子们爱看的书。李老师分门别类地摆放，比如动物小说、幻想小说、侦探小说……有些作家在这里还有专柜，比如曹文轩、西顿、罗尔德·达尔、克莱门斯……

更夸张的是，地上还铺了地毯，奢华却又低调的灰色地毯。为了配得上这块地毯，这间教室的其他装修也全面升级——立式空调，圆锥形灯罩的电灯（因为那种长长的日光灯太没有个性），还有很多绿植，两盆是兰花，还有两盆里的植物像人一样高，叶子像芭蕉叶似的很特别，李老师也叫不出名字。

所以，在这所弄堂学校里，你经常可以听到这样的对话。

一位老师问："明天有个代表团来学校参观，带他们去哪里看呢？"其他老师就会回答："去李老师的演讲教室呀！"

或是一位老师问："今天的数学教研会去哪里开呀？"有的老师就会建议："去李老师的演讲教室怎么样？"

或是一个学生问："我们的课本剧去哪里演呢？"一个男孩就会装出拼命思考的样子，然后回答："如果能去李老师的演讲教室就好了。"

显而易见，演讲教室的主人——李老师，一定有过人之处，一定比较特别。

李老师确实很特别，李老师的演讲社团就是学校里最有名的社团。

每年的元旦汇演，李老师演讲社团的节目都是压轴上演的。

那年的压轴节目是《卖火柴的小女孩》。一个女孩子——李老师的得意弟子，像往常一样穿着校服就上台了，不显山不露水，朴素得让人怀疑她是临时上来的。但她一张口，就把所有人镇住了。那声音就仿佛会场里突然增加了几个功放，每一个词语就像晶莹的水珠从绿叶上利落地滚下来，叮叮咚咚，声音带有质感。大家都很自然地调整了一下坐姿，每个人都觉得松松垮垮的姿势对不起这么精彩的表演。

“奶奶！”小女孩叫起来，“啊！请把我带走吧！我知道，火柴一灭，您就会不见的，像那暖和的火炉、喷香的烤鹅、美丽的圣诞树一样，就会不见的！”大家不觉得台上的人在说台词，仿佛台上的那个人就是寒冷的冬夜里卖火柴的小女孩，大家都跟着掉眼泪。

“要说，李老师确实有两下子。”旁边有老师悄悄说。

前面那些节目顿时黯然失色，那些节目刚才还赢得了掌声呢，可比较之后，大家就发现那些节目的精力都花在购买廉价的演出服和道具上了。五(3)班为了排演《哪吒闹海》，五个妈妈五点就起床到教室里给那些龙太子、河蚌精化装……最终也就是一堆“五颜六色”在舞台上乱跑。和《卖火柴的小女孩》比起来，他们根本就谈不上表演。

李老师就这样一直在“成功”中工作。

李老师在这所学校工作了三十五年，为学校赢回一座又一座奖杯。当奖杯多到一定程度的时候，大概二十年前吧，李老师突然就喜欢上“一定”这个词了：

“一定要远离手机，否则你的人生就毁了。一定。”

“现在的孩子除了做题什么都不会，将来一定一事无成。”

“如果你普通，你不必抱怨其他，一定是你不够努力，一定是你不够聪明，一定是这样的。”

“有些人总是想给自己找理由，为自己的懒惰找理由，一定的。”

“这个世界的发展，是一小部分人推动的，一定是这样。”

李老师觉得，说这个词的时候，能体现一种“自信”，铿锵有力，斩钉截铁。说得多了，就成了口头禅。

是呀，这样的李老师如果遇到那样的夏天，会发生什么事呢？

4.当火星撞上地球

夏天上五年级,李老师教六年级。

他俩本来是两条平行线,各有各的轨道。

但世上的事从来没什么“一定”,夏天和李老师有了交集,因为夏天加入了李老师的演讲社团。

李老师的演讲社团是学校最有名气的社团,也是全校最难进的社团。夏天进入社团,并不是因为他聪明,并不是因为他优秀,并不是因为他在演讲方面有才华,夏天进入演讲社团有运气的成分。

当初夏天申请加入演讲社团，就是因为好多人对他说“碰上李老师你就完了”“李老师会教你怎么做学生的”。夏天就是想看看自己完蛋的样子，就是想体会一下做学生的感觉，难道他以前不是个学生吗？真是的！

夏天加入演讲社团得益于学校制定的“特别制度”。

每一所学校的校长为了体现自己的教育理念，都会制定一些特别的制度。

社团就是发展学生特长的地方，所以，社团招生大部分由老师决定，因为没有谁比老师更加清楚“学生在这方面是否有才能”。老师就像赛道终点处的裁判员，谁快谁慢，一目了然。

但是，毕竟都是十来岁的孩子，某个学生在这方面是不是有才能，过早下定论也确实太武断了。因此校长规定，每个社团至少要有百分之二十的成员，是从报名学生中随机抽取出来的。

李老师的演讲社团一共有十五个人，百分之二十就是三个人。

夏天、孙浩和莉莉三个人，就是随机抽签被抽中的。

夏天、孙浩和莉莉很快成了好朋友。他们能这么快成为好朋友，最重要的原因是他们有共同点——他们都不是大人眼里的“成功者”，当然也不是“失败者”。如果“下坡路小学”要评选最聪明的学生、最优秀的学生，他们肯定选不上，但如果要评选全校最差的学生，他们也不够格。他们处于中间状态，可有可无。最讨厌的就是这种“可有可无”，表扬和批评都与他们无关。如果突然有人问老师：“你觉得夏天是个怎样的孩子？”老师就会说：“夏天呀，嗯……啊……就是喜欢问问题。”你看，幸亏有一点儿怪癖，否则老师根本就记不住他。

自然而然地，他们一起坐在了演讲教室的角落里。

李老师似乎并不欢迎夏天，不欢迎孙浩，不欢迎莉莉。

在李老师看来，有些人就是不想努力，就想凭运气。就像他身边的一些年轻人，收入低下，生活能力低下，工作热情低下，学习意愿低下，总之，全盘人生都低下。想到这里，他就不由自主地想到自己的儿子，这是他心底的痛。他自己培养出了那么多优秀的学生，有的已经在国外的大学当教授，有的成了著名的记者，但是自己的儿子呢，现在三十好几了，还留

一头长发，在酒吧里唱摇滚，那种歇斯底里的歌。他也不想找一份正经的工作，也不想正经找个女朋友，每天跟一条狗混在一起，一条在路边捡来的流浪狗。狗再好，终究也只是条狗呀！李老师这样想的时候，觉得有点儿对不起那条狗，但他忍不住这样想。

李老师觉得，幸亏有工作，工作让他开心。

他最享受的一件事，就是可以挑选聪明的孩子，然后指导他们。除了夏天、孙浩和莉莉，演讲社团里的每一个人都很出色，这些孩子都是他自己一个一个挑出来的，尤其是金磊。

聪明是能让李老师感到高兴的一样东西。李老师曾在四年级下学期得到过全优的成绩，还在县里的数学竞赛中得过奖。他迷恋《超级大脑》《中国诗词大会》《中国汉字听写大会》这样的节目。但他只看回放，看的时候随时暂停，以便自己答题，只有有信心打败电视上参赛选手的人，才会这样看电视。

5.一场关于橡皮的辩论

夏天和李老师的矛盾马上就出现了。

这很容易理解，夏天的语言过敏症依然存在，一时半会儿是消失不了的。就像那些对雾霾过敏的同学，最近很不好受。天气转冷，雾霾就像是天空中撒了一层厚重的羊毛，教室里咳嗽声此起彼伏，搅得吴老师课都没法子上了。

而夏天呢，最近也生活在恶劣的环境里。李老师根本没有听说过"夏天原则"，即使他知道，他也不会迁就夏天。"一定一定一定……"他就喜欢说这个词。夏天都快疯了，那么多"一定"像蚊子的嗡嗡声在他耳边回响。

一天，他终于抓住其中一个“一定”来质疑：“李富贵老师，为什么现在的孩子将来一定一事无成呢？”

特别的人，怪习惯总是多一些。夏天喜欢称呼老师的全名，别人叫李老师，夏天偏偏叫李富贵老师。李老师最讨厌别人叫他全名，因为他认为自己的名字让他的学养、成就、威严都大打折扣。

李老师没有回应。有时候，不回答不是因为没听见，而是因为不想听见，现在李老师可能就是这种状况。

“李富贵老师，为什么现在的孩子将来一定一事无成呢？”夏天不依不饶。

“这孩子实在太没礼貌了。”李老师心里想。

李老师依旧不说话。对于钻牛角尖的人，千万别解释，你要做的就是沉默。

冲突的高潮发生在一次“大课”上。

那次，五年级的老师邀请李老师给五年级学生上一次大课，就在阶梯教室，主题是培养良好的学习习惯。

年级组长鲍老师亲自主持，为了营造气氛，鲍老师掌心向上，在空中做划水状，鼓动大家的情绪：“掌声在哪里，尖叫声在哪里？”于是，阶梯教室里掌声雷动，中间还夹杂着几声口哨儿。

结果李老师吓了一跳，他迅速把食指竖在嘴前：“嘘——”

“别这样，千万别这样。”李老师用双臂抱住蜷缩起来的自己，给自己一些安慰。

鲍老师站在旁边，难免有些尴尬，她本来只是想营造一下气氛。

“知道吗，你们每一个人的脑袋里都住着一只猴子。”李老师说，“你们要把嘴紧紧闭上，就像拉上衣服的拉链，千万不要让猴子跑出来。”

“跑出来会怎样？”总有人会很配合地提问。

“那你就像个木偶一样由它摆布啦，那猴子会拉动你的屁股、你的嘴、你的手，于是你自己就像一只多动的猴子。”李老师盯向一处，“咯咯咯，一只小猴子快出来了。”

大家前后左右地找，看看谁是那只猴子。

演讲开始了。

李老师放了两张图片,图片上各有一块橡皮。

一块橡皮,形状规整,表面平滑,没有任何被抠挖、涂抹过的痕迹。

一块橡皮被拦腰折断,坑坑洼洼,上面有各种颜色的污痕,蓝色是圆珠笔留下的,黑色是签字笔留下的,还有那种油光发亮的乌黑,很显然是 2B 铅笔留下的。

仅仅是看到这两张图片,会场就爆发出一片笑声。

李老师再次把食指竖在了嘴前, 学生们用手捂住嘴巴笑。李老师很满意图片取得的效果。

停顿了一会儿,李老师开始往下讲,他的声音哑哑的,像是从嗓子里吃力地挤出来似的。

“很显然,第一块橡皮遇到了一个好主人,大部分时候它都舒服地躺在笔袋里,需要它工作的时候,它的主人动作也很温柔。我敢肯定,这块橡皮的主人成绩优秀,因为他上课专注,不开小差。

“第二块橡皮呢,‘毁容’严重啊,小主人整节课也没做别的事,光是在玩橡皮了。我们可以想象他先用笔把橡皮点成‘麻子脸’,然后又是搓又是抠,结果用力过度,橡皮被拦腰折断。好好一块橡皮被‘蹂躏’成了这个样子。这块橡皮的主人成绩一定不好,因为他上课总是在开小差。”

李老师话音刚落,下面随即响起一片噼里啪啦声,大家忍不住打开自己的铅笔盒或笔袋,翻出橡皮和图片上的橡皮对照。

说句实话,李老师的课讲得真不错,用心地配了图片,穿插适时的幽默,以小见大。你要知道,让两百多个十来岁的孩子坐在一起认真听一个人讲话,难度和杂技团里的驯兽师让老虎钻火圈差不多。

但夏天不喜欢李老师的课。

夏天要的是“可能”“也许”,他不接受“一定”“肯定”这样的说法。

“李富贵老师,一定是这样吗?”夏天终于忍不住站起来问道。

鲍老师被夏天的突然提问吓了一跳,立刻站起来,示意夏天坐下。

“我们观察了许多孩子的橡皮。这个结论是正确的,可能

有一两个例外，但已经不妨碍我用‘一定’这个词啦。”

李老师逻辑严密，滴水不漏，最厉害的是他始终温文尔雅的笑容，夏天一下子不知道该如何反驳。

大家都希望对话到此为止。

但夏天可不愿意就这么败下阵来，一个十岁的孩子，你让他很理性，这本身就不理性。后面李老师又说了什么，嗡嗡的，夏天都没有听进去，他一直在寻找机会反击。

终于，夏天走了上去，他手里攥了两块橡皮。

“李富贵老师，您觉得这个孩子的学习成绩怎么样？”夏天把左手摊开，掌心里有一块橡皮，看起来就像被狗啃过一样，这应该是牙齿、口水、泥土、小刀等一堆乱七八糟的东西综合侵害后的结果。

“如果我没猜错，这块橡皮的主人学习上还要努力。”李老师说。

“李富贵老师，这块橡皮是李亮的，他是我们班学习成绩最棒的。”因为李老师没有把话筒递给他，夏天几乎是喊出来的，他想让阶梯教室的每一个人都听到他说的话。

没错，李亮是个好学生。李亮作业本上的字就像书法作品一样，每一个笔画恰到好处地待在它该待的地方，根本不像是个孩子写的。最恐怖的是他能把“的地得”分得非常清楚，永远不会把“已经”写成“以经”，不会把“拟人”写成“似人”，写完一个句子从来不会忘记写句号。世界上就有这样的人。可就这么一个好学生，他的橡皮偏偏惨不忍睹。

这时候的李老师颧骨突出，法令纹凹陷，脸色有些阴郁，让人感觉这像是一个偏爱半明半暗的房间、潮湿发霉的书本以及药瓶子味道的人。任何人只要有一点点察言观色的能力，都知道这个时候应该适可而止。

可夏天不管这些。夏天又把右手摊开，掌心里也有一块橡皮，干净、圆润，怎么看都不像是一块擦拭污迹的用具。

“李富贵老师，您觉得这块橡皮的主人学习怎么样呢？”

很显然，教室里正进行着一场激烈的心理战。李老师感觉到了眼前的这个孩子明显是有备而来，他的神色里都透出一丝狡黠，想证明老师的理论是错的。按照自己的理论，这块橡皮的主人应该是个好学生，但事情可能没有那么简单。

“能先请这块橡皮的主人站起来吗？”李老师说。

学习

一个面容清秀的女孩子站了起来,如果要给“红扑扑的小脸蛋儿、乌溜溜的大眼睛、樱桃小口”那些作文里关于外貌的描述找个模特儿,这个女孩子再合适不过了。

“如果没有猜错,这块橡皮的主人学习习惯好,成绩优秀。”李老师以貌取人,有了几分把握。

一个小方阵马上骚动起来,有人忍不住喊了出来:“她考试经常不及格的!”

夏天看着李老师,意思是——您总结的规律未必是对的,您看,用您的方法来判断,两个都错了。

大家也看着李老师,李老师让人感觉不到有什么情绪,既不高兴,也毫无愤怒,甚至连无聊的情绪都感觉不出来。“不露声色”是世界上最难做到的一件事,但李老师做到了。

或许李老师那天说了这样的话:“是的,我今天只是跟大家开个玩笑,通过橡皮来判断一个人学习成绩是否优秀,这是不对的。”但好像李老师又没讲这样的话。

或许那天夏天向李富贵老师道了歉。

已经记不清楚那次大课是怎么收场的了,反正应该是一

次尴尬的收场。

但是我要告诉你——

故事才刚刚开始，

前面所有的事情都只是引子。

6.敢打赌吗

当大家都在手机上刷新闻的时候，李老师还是习惯看报纸。他给自己订了两份报纸，一份是当地的《都市快报》，一份是关于演讲与口才的周报。

李老师总是一篇一篇慢慢地看关于演讲与口才的文章，他把这当作是给自己的奖励。

在九月的一个星期五下午，李老师正在读一篇介绍演讲技巧的文章，他试着集中注意力去读那篇文章，但就是无法专心。

好像有点儿不太对劲。

没有打破玻璃，没有弄翻椅子，也没有尖叫和大吼的声音。而此刻，所有的声音都聚集在走道里，在张贴布告的布告栏前。

李老师放下报纸，抬起头来，起身张望，看到二三十个学生围在布告栏前。有些女生正咯咯笑着；有些人倒抽一口气，戳了戳旁边的人，然后交谈着；有些高大的男生，用手肘挤开别人想更靠近一点儿看。

走道里往往张贴三样东西：通知、比赛海报或者来自初中的喜报。现在是九月份，市里演讲比赛的通知也应该下来了。每年都是这个时间，市里的比赛通知下来以后，学校里要先举行一次选拔赛。当然，结果永远是一样的——李老师演讲社团的某个学生获得第一名，获得去市里参加演讲比赛的资格。

李老师再也无法稳如泰山地坐着，他走出办公室，走到布告栏前。终于看清楚了，这确实是市里的演讲比赛海报，海报上写着：

我很酷，我来讲

祖国、家乡正在大步前行，同学们也像春芽般快速成长。

为了帮助同学们“扣好人生第一粒扣子”，引导同学们见贤思齐，向上向善，展示“新时代好少年”的风采，市教育局将联合《都市快报》举办第八届少年演讲比赛。

本次比赛的主题是“我很酷，我来讲”，希望同学们紧紧围绕“酷”字，说一说你做过的一件很“酷”的事情。以饱满的精神、充沛的感情、流畅的表达，结合自己的学习、生活经历诠释“新时代好少年”。

…………

下面还有两行字：

本届比赛，设一等奖一名、二等奖两名、三等奖三名。

一等奖奖金10000元。

李老师皱了皱眉头，教育局发的演讲比赛通知他太熟悉了，熟悉到可以背下来。因为每年都一个样，只是换个日期和

比赛的“届”数，例如去年是第七届，今年就是第八届。

但今年的比赛通知，李老师明显感受到了变化。如果没有猜错，教育局应该来了年轻人，年轻人嘛，喜欢变化，喜欢创新。“但创新也不能太离谱儿了，竟然用钱来引诱孩子。”李老师心里嘀咕。

不过，这一万元奖金确实吸引人。为了确认这个数字的真实性，“个、十、百、千、万。”夏天很认真地从右往左数了一遍。真刀真枪有金钱奖励的比赛，从来没有遇到过呀！一万元哪，如果是十元钱一张，那就是一千张。如果一本书有一百张那么厚，奖金叠起来就有十本书那么厚呀！

围观的人越来越多，在人头攒动的这一小块区域内，如果有人拿一支温度计量一下，一定会惊叫起来：“呀，41°C，热化了！”

大家实在太兴奋了，根本没有发现李老师来。大家忘了给李老师让个位置了，直到一阵穿堂风把李老师的一缕头发吹起来了才发现。李老师的头发已经完全“地中海”式了，只剩下右耳边一缕，他舍不得剃，把那一缕头发盘绕在头顶上，企图掩饰秃顶的事实。可现在，李老师的头发像一根电线一

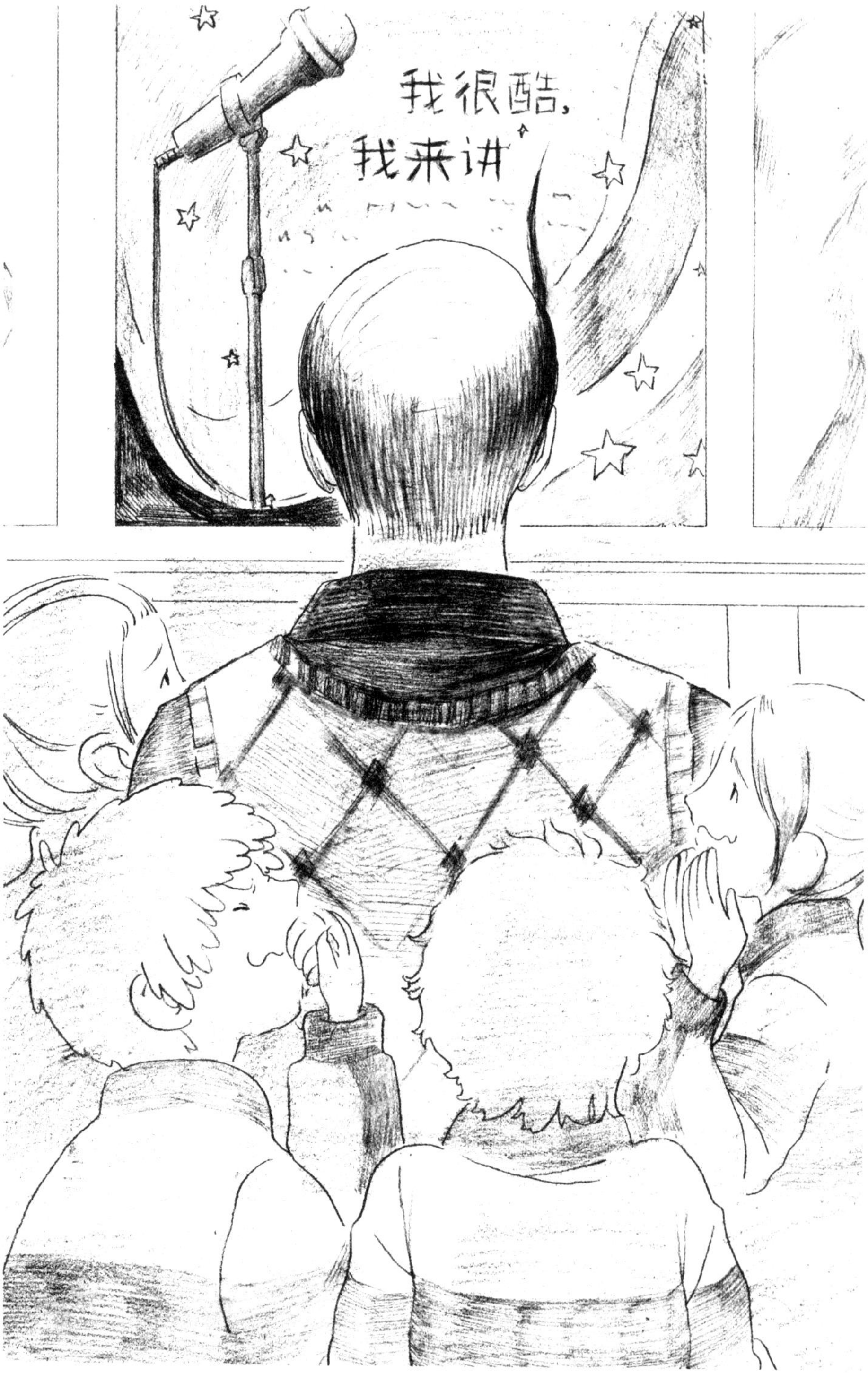
我很酷，
我来讲

样竖在脑袋的一侧，那样子太滑稽了，周围的人忍不住笑了起来。李老师把那一缕头发夹在中指和食指之间，很熟练地把它贴在脑袋上，迅速把完全暴露的头皮盖住。

李老师的出现很快把大家拉回现实中。

大家参赛的热情迅速冷却下来。说实话，演讲比赛的一等奖永远属于李老师的演讲社团。比赛奖金再高有什么用呢？李老师的学生拿一等奖就像探囊取物一样。

“一万元？就是一百万元和我们也没关系呀！”有人喊了一句。

李老师忍不住跟了一句：“今年演讲比赛的一等奖应该轮到金磊了，拿奖金的肯定是金磊。”

大家沉默了一会儿。

夏天知道李老师说的是实话，并没有炫耀的意思。但那个“肯定”还是刺激到了夏天，为什么第一名“肯定”是金磊？万一比赛那天金磊拉肚子了呢，或者他摔了一跤，暂时失忆了呢？

“李富贵老师，为什么‘肯定’是金磊呢？”夏天问。

“别说学校里的比赛，就是全市的演讲比赛，只要我带队参加，别人争夺的只能是第二名、第三名。”李老师说。

“如果第一名不是金磊呢？”夏天继续问。

对一个大人尤其是老师咄咄逼人，也只有夏天做得出来，这是缺乏情商的表现。

你让一个老师怎么回答这个问题，发誓？还是打赌？

说起打赌，夏天真的就问了：“如果您输了呢？您敢跟我打赌吗？”

夏天的脑海里随即闪过许多有意思的赌注。

台湾地区有四位小学的男校长，身体已经发福，肚子明显腆了出来。他们和学校里所有的学生打了个赌，如果全校学生能在规定时间里看完规定的书，他们就穿芭蕾舞裙在大礼堂里跳《四小天鹅》。如果李老师也穿那样的衣服，那一圈短短的白色裙摆是系在肚子上呢，还是肚子下面呢？

莉莉也跟他讲过一个有意思的赌注。一位叫巴克利的篮球运动员是出了名的口无遮拦，一次解说比赛时他声称，只要姚明在那个赛季的任何一场比赛里拿到十九分，他将亲吻解说搭档肯尼·史密斯的屁股。一星期后，姚明在火箭队与湖

人队的比赛中轰下了二十分。那一天，简直是全美国的节日，大家都守在电视机旁等巴克利亲肯尼·史密斯的屁股。结果，肯尼·史密斯牵来了一头驴，巴克利只得亲吻了驴屁股。

李老师当然没想到，短短的几秒钟时间里，夏天的脑袋里居然闪过了那么多画面。

当然，夏天也只是想想而已，老师们总是那么严肃，不可能让他们去跳芭蕾，更不可能让他们去亲驴屁股。

“如果第一名不是金磊，我就收回我的话。”李老师竟然愿意赌一局，尽管“赌注”毫无新意，但他竟然愿意赌一局。

李老师愿意和一个孩子打赌也可以理解。李老师对夏天的耐心就像用过的粉笔，已经磨得很短了，短到成了一颗捏不住的粉笔头。现在，李老师想利用这次机会把这颗粉笔头扔进垃圾桶，让它永远消失。

“这是一个需要被生活教育的孩子。”李老师心里想。

“如果第一名是金磊呢？”李老师一字一顿地反问。

“你就当着大家的面向我道歉，承认自己不礼貌，承认自己钻牛角尖。”没等夏天回答，李老师就宣布。

“可以。”夏天从来不服输。

李老师笑了一下，他脸部的线条纹路像石雕般深刻，所以他的微笑也就是这些纹路稍稍往上提一下而已，不注意，你根本感觉不出来。

第二天早上七点半，李老师依旧骑着他的“小电驴”，准时出现在校园里。

无论雨天或晴天，无论下雪或者刮大风，李老师数十年如一日。每年的期末考勤，他的“全勤”那一栏总是画着一个钩，他始终保持着“全勤”的完美记录，时间久远到无法考证。

就好像，根本没有打赌这回事。

或者说，李老师根本就没把这次打赌放在心上，他稳操胜券。

7.有毒的想法

夏天有心事了。

这条街上新增了好几家绝味小吃店，有高奶奶馄饨铺、黄金烤鸭、小柔拉面馆……这些小店让人一听名字就要流口水，现在演讲社团的三人组正走在路中间，四面八方的香气都飞到了这里。

三个人拼命地闻呀闻，恨不得能和香味合为一体。

要是以往，三个人会找一个地方，买香肠或者豆腐干吃。

但夏天吃不下东西，他被李老师那个“肯定”噎住了，就哽在他的喉咙，要么吞进肚里，要么干脆吐出来。

最终夏天决定一吐为快:“李老师认为演讲比赛第一名肯定是金磊。”

孙浩和莉莉没有搭腔。

“为什么李老师非要说‘肯定’,谁都有可能获奖,不是吗?”夏天盯着孙浩和莉莉。

“夏天,我们得承认,演讲是他们的特长,我们的特长在其他方面,比如吃东西……”孙浩说道。孙浩现在心疼夏天手里那根香肠,咬破外面的那层油光可鉴的肠衣,里面的肉粉嫩粉嫩的,现在就应该把它吃掉,待会儿凉了就可惜了。

要知道,像金磊那样的人,训练有素,伶牙俐齿,平时不怎么说话,可一旦开口,总是能毫无障碍地精确表达心中的想法,从来不会给人留下杂乱无章之感。

而说话,尤其是在大庭广众之中说话,对孙浩和莉莉来说太难了,这就像挤一支已经用了两个月的牙膏,费了半天工夫,最多挤出来一个尖头。

“而且金磊的指导老师是李老师。”莉莉补充了一句。

“但是,我们可以从其他方面弥补呀。”夏天说。

“夏天,求你别再较真儿了,我们可以用什么来弥补?我

们不仅嘴皮子不如他们，这次比赛的主题也是为他们设计的。”孙浩说道。

“酷少年，我们根本没有做过让爸爸妈妈骄傲的事情。”莉莉说。莉莉和孙浩希望联手把夏天脑袋里跑出来的热情塞回去。

孙浩说的是实话，他们干的事嘛，确实没几件拿得出手，跟“酷”“成功”基本不沾边。就说画画吧，孙浩学过一阵子，学过之后画出来的画是怎样的呢？树看上去好像是长着难看的翅膀的电线杆子，动物则好像是由各种动物的残肢拼凑而成的怪物。

而金磊那些人呢？说几个成功的例子，就像从妈妈们的衣橱里找几个包，从初中生脸上找几颗痘痘那么容易。例如：

金磊写的一本书最近正式出版了，是放在新华书店里卖的那种。

左周参加了省里的合唱团，在维也纳金色大厅表演过，参加演出的照片都挂到校史长廊里了。

叶思雨落落大方地采访了一位奥运冠军。

戴一围呢，儿童节那天，他在区长伯伯的脖子上系了一条红领巾。

晓宇是全省数学竞赛的前十名，大家都说他是考清华、北大的料。

这种演讲比赛，这些人上台只要在摄像机前展示一下自己的证书、奖杯的照片，就赢下一半了。

经过这样一番讨论，大多数孩子会放弃自己的计划，可夏天好像从不属于那种“大多数”。

“不管怎么样，你们一定要帮我。”夏天说。

“怎么帮？”如果自己是个气球就好了，孙浩想。他恨不得马上在自己身上扎一针，明白无误地向夏天演示自己泄气的样子。

“你们去参加比赛怎么样？”夏天一旦做了决定，就要付诸实施。这个决定就像李老师头上那一缕头发，没几根了，他也要全力以赴想办法留住。

“你自己参加吗？”孙浩问。

“我帮你们训练。”夏天说。

“你自己做缩头乌龟，让我们上去出洋相？”

孙浩虽然平时不太有主见，有些唯唯诺诺，可他不傻。孙浩的话像灭火器里喷出来的粉末，噗的一声，把夏天心中最后一点儿火星给扑灭了。

来来回回僵持了一阵，孙浩摆了摆手，表示他对今天的谈话有些厌烦了。莉莉扭动着身体，示意夏天她要退出讨论。

孙浩急着要回去了，他要回去陪爷爷。

莉莉急着要离开了，她要去打篮球。

他们用实际行动继续给夏天降温。今年刚刚过去的夏天实在是太热了，温度计都快爆了。温度计爆了可不好玩儿，水银会流出来，水银是有毒的。

在孙浩和莉莉看来，夏天现在的想法就有毒——剧毒。

8.“酷”究竟是什么

爷爷来接夏天的时候，夏天还在想“酷”究竟是什么。

说实话，他不仅没有说服孙浩、莉莉，甚至连自己都没有说服。

爷爷是骑着电瓶车来接夏天的。回家之前，爷爷看了看电瓶车上的电量表，大吃一惊：“哎呀，电瓶车快没电了。”

骑了一小段路，电又消耗了很多，车速越来越慢，电量表上的指针已经指向红色警示区域。车子几乎骑不动了，遇到小斜坡，车子根本上不去，爷爷努力地晃动着胖胖的身子，似乎这样就能增加车子的动力。

夏天说："电瓶车载不动我们两个人了。"

爷爷说："真感动啊，一个孩子竟然愿意主动下来推车。"

爷爷就是这样，抓住一切机会，让自己的孙子锻炼一下。没办法，夏天从车上溜下来，爷爷把动力把手转到底，电瓶车依旧吭哧吭哧动不了。

于是，路上出现了这么滑稽的一幕——

爷爷坐在电瓶车上，踮着脚往后蹬地，夏天在后面推。

旁边的人看见他俩，都咧开嘴笑了。夏天和爷爷没理他们，继续往前"走"。

夏天很快就满头大汗了，爷爷看了看他，说："要是让你奶奶看见我把你虐待成这个样子，她会把我塞进洗衣机，在里面滚两个小时。"

"不过，这件事看起来挺酷的！"爷爷又说。

这个"酷"字轻而易举地钻进了夏天的耳朵里。这几天，夏天一直在思考什么样的事情是"酷"的，他的身心完全被这个"酷"字纠缠住了。

"爷爷，你觉得什么样的事是比较酷的？"

如果不是这个问题盘桓在夏天脑海里太久，夏天才不愿

意问爷爷，因为夏天觉得爷爷有时候比小孩子还容易悲伤、愤怒,很多时候爷爷的回答都是不靠谱儿的,就像下面这个回答:“酷？酷就是回家前,你吃一个麦当劳的巧克力甜筒,我喝一杯加冰的可乐。”

当爷爷说这句话的时候，目光已经溜进了旁边的麦当劳。“麦当劳叔叔”跷着二郎腿,笑眯眯地看着他们。

“爷爷,你又想喝可乐,你有糖尿病,不能喝可乐。”

爷爷皱了皱眉头,他对夏天和奶奶结成联盟,对夏天这么严格执行奶奶交给的监督任务很不满意。

“所以,我才一个月只喝一次嘛。”

夏天简直不想再跟爷爷说话,这么大年纪,就想着偷偷喝一杯可乐,可乐有什么好喝的,哪有巧克力甜筒好吃!

“拜托,别老是一副乖孩子的样子,其实,你已经在心里吃了三个甜筒了吧？”爷爷笑着挠夏天的胳肢窝。

夏天拗不过爷爷,最终两人走进了麦当劳。

有一个镜头,夏天都看呆了,吸管因为吸得太猛瘪掉了,爷爷却还能大口大口地吸着可乐。

为了把可乐的味道散掉，爷爷和夏天是走楼梯上去的，十楼呢。走到第八层的时候，爷爷扶着楼梯扶手直喘粗气。爷爷说："我嘴里的可乐味全跑出去啦！你奶奶应该闻不出来了吧？"

夏天不说话，趁机抹了一下自己的嘴，万一有棕色的巧克力沾在嘴边，就全都露馅儿啦！

夏天和爷爷到了家门口，刚想进去，却听见奶奶在里面喊："我正在拖地呢，等地干了再进来。"

夏天进门的时候，奶奶喊："鞋子脱了放在门口的鞋柜里，别总是放在门口乱糟糟的。"

夏天放好鞋子，奶奶喊："怎么满头大汗的呀？身上一股味道，快去洗脸洗手。"

夏天洗完手，奶奶又喊："今天的作业做完了没有……"

爷爷和夏天一起站在门口等，一起脱鞋、放鞋，一起洗脸洗手。

"你发现了吧，容忍一个女人的洁癖和唠叨，就是一件很酷的事情啊。"爷爷向夏天挤了挤眼睛。

吃饭的时候，夏天又把“究竟什么是酷”这个问题带到了餐桌上。

这不能怪夏天着急，夏天才十岁，爷爷奶奶两个加起来都超过一百二十岁啦。十岁的孩子过一年是他生命的十分之一，六十岁的人过一年则是六十分之一，所以孩子总是显得着急，心里藏不住问题。

“爷爷，你小的时候做过什么酷的事情？”

“哇，你真的对几十年前的事情感兴趣？”

“爷爷，你讲讲嘛。”

“我小时候从来不买现成的玩具，有一次，我用轴承和木板做了一辆三轮车。”

“这算什么？”

“这还不算‘酷’吗？比你们只知道在商店里买现成玩具强多了。还有，我小时候抓螃蟹可厉害了，河滩上的洞，我只要看一眼，就知道是蛇洞还是螃蟹洞。”

“怎么看出来的？”

“我告诉你，如果洞前面有一堆软软湿湿的泥土，那就是螃蟹洞。其实那不是泥，是螃蟹的屎，螃蟹喜欢把屎拉在洞口遮掩它的洞。”

夏天听得有趣，忍不住又问：“爷爷，还有吗？”

“你知道蛔虫吗？一种寄生虫，像筷子一样长，就是把蚯蚓加粗加长变成白色。”用熟悉的事物举例容易让别人听明白，这是爷爷的特长，“有一次，我拉大便拉出来一条蛔虫。那时候几乎每个人的肚子里都有蛔虫。”

“吃饭的时候，讲这种事情太恶心了。”奶奶差不多要拿筷子打爷爷了。

“当然，最酷的事情是坚持和你奶奶生活了几十年，这真是一件不容易的事情啊。”爷爷一副语重心长的样子。

夏天觉得和爷爷奶奶生活在一起真是一件有意思的事。爷爷和奶奶就像一对反义词：一个吃不胖，一个瘦不下来；一个话很多，但把家以外的每一个人都当作陌生人；一个话很少，但对每一个人都很和气，即使遇到一只野猫也会上去打声招呼。

“不说以前的事了，其实，我最近在做的事才酷呢。”

“爷爷，你最近做了什么酷的事？”夏天觉得爷爷终于要

正经地讲话了。

“爷爷六十九岁了，还在学车，难道不酷吗？”

“而且——路考考了三次都没通过。”奶奶也笑了，“昨天驾校的教练骂你爷爷是个笨蛋，你猜猜你爷爷怎么做的？”

夏天知道奶奶马上会回答，他只要等着听就行了。

“你爷爷找了一张纸，写了一道数学题，而且是一道微积分的题目，让教练做，那教练愣了足足有两分钟。”

想着教练发愣的样子，夏天也笑了足足有两分钟。

爷爷诧异地看着夏天：“真的有这么好笑吗？那家伙太过分了，我必须得反击一下。”

“爷爷，万一你考不过呢？”夏天问。

“万一考过了呢？”爷爷说，“知道可能考不过，还去考，这才酷嘛！”

“万一考过了，那就太好了，我就可以自己开车带着你奶奶玩了。”爷爷还沉浸在自己的喜悦中。

夏天好像明白了什么，一句话在他脑袋里逐渐成形——你正在全力以赴做的事情，就是最酷的事情。

在聊天儿中，夏天领悟了一个人生道理，他挺满意。当然,聊天儿的对象应该是像爷爷这样的人,从来不知道什么叫“老成持重”,不会板起面孔讲大道理。

夏天太爱爷爷了。

夏天真想亲爷爷一口。

9.最酷的事情

夏天希望立刻见到孙浩和莉莉。

夏天要把自己的感悟告诉孙浩和莉莉。

夏天似乎已经看到孙浩、莉莉站在演讲台上演讲的样子,他们的演讲大获成功,掌声淹没了他们。而作为幕后指导,夏天的快乐是加倍的。

孙浩家并不远,过三个红绿灯路口就到了。昨天刚下过一阵雨,夏天脚下生风,好几脚都踩到了人行道上松动的砖块,砖块下的水溅到了裤脚上,留下恼人的泥水印。夏天也不理会,他继续快走,经过一家沙县小吃、一家 999 药店、一家工商银行,还有一家盲人按摩店。

孙浩家的小区是一个老式小区，大门正对着中山路,门上有一块拱形的铁皮,铁皮上镂出了三个字——天水苑。穿过拱门，小汽车一辆挨一辆地挤占了各种空隙停在小区里，留出来的空地就是路。

孙浩家在一楼。

夏天喊了一声。

孙浩应了一声。

夏天熟门熟路地从侧门进屋。

夏天喜欢这种感觉,这才是朋友的感觉——可以随随便便走进孙浩的家,他的乐高拼到什么程度、臭袜子扔在哪里，夏天一清二楚。

刚进门,夏天就听见孙浩爷爷在喊:“记不起来了,记不起来了！”

孙浩爷爷患有三叉神经痛,记忆力衰退得厉害。孙爷爷原来是位工程师,退休以后偶尔还用电脑修改一些年轻人送来的图纸,现在却死活记不起刚才的一些想法了。孙爷爷双

手狠狠砸了一下键盘,键盘掉落碰到水盆,水盆连同里面养的乌龟哐当一声掉在地板上,两只乌龟缓缓在水渍里爬行。

“我是一个废人了。”孙爷爷垂头坐在一大片水渍里喃喃自语,满脸沮丧。

“爷爷,你怎么可能是废人?你看,你的牙齿还能咬苹果呢。”孙浩安慰他。

“头上还有很多黑头发呢。我们李老师都快秃顶啦。”夏天也在一边帮腔。

“不行,我老了,要注意保养了。昨天我听到广播里说有一种床垫,躺一年就有效果,可以降血压,还可以预防老年痴呆症。”孙爷爷说。

“爸,你可别再买那些乱七八糟的东西了。”孙浩妈妈从厨房里探出头来,“上个礼拜才安了个净水器,这么小的厨房,偏要装,我头都撞到三四回了。”

孙爷爷当年可是同济大学的高材生,可年纪大了,偏偏愿意相信那些能延年益寿的广告,报纸上的、地方电视台节目里的,哪怕是电线杆子上贴的小广告,他都信。

“你是心疼钱吗?又不花你的钱,我有退休工资。”孙爷爷不高兴了。

孙浩妈妈知道爷爷现在是个老小孩儿，不能较真儿,没说什么。结果孙爷爷又蹦出一句:“对了,上次我给你五千块钱买按摩椅,你买了吗？”

“爸,你可别乱说,你好几次说我拿你的钱。街坊邻居听到了,还以为我偷偷拿你钱呢。”孙浩妈妈急了,声音里带着哭腔。看来家里这种谈话不是一次两次啦。

看见这样的状况,夏天觉得有些尴尬,不知该说些什么做些什么。到别人家里就是这样,有时会没有任何预兆地卷入人家的矛盾中,进退两难。

孙浩倒是不慌张,他靠在妈妈的身上,把妈妈推进厨房。妈妈还想说什么,孙浩用头把她顶进去了。

“爷爷,你的钱,妈妈后来还给你了。”孙浩又回到了爷爷身边。

“还给我了吗？”爷爷不信。

“还给你了,你还不相信我吗？”孙浩大声说,“爷爷,你肩膀上有头皮屑呢。”孙浩用手去拍爷爷的肩膀,一边拍一边对妈妈挤眉弄眼,意思是“我在帮你打爷爷呢”。

“现在我这记性是真的差了。”孙爷爷自言自语。

…………

夏天和孙浩出门的时候，天已经有些昏暗了。

孙浩妈妈叮嘱孙浩早点儿回家，马上要吃饭了。

夏天和孙浩直接去了学校篮球场。

莉莉肯定在学校篮球场。有一个叫“美丽谷街奇妙事”的故事，说的是一家搬家公司要搬走一个孩子脑袋里的东西，他们根本搬不完，因为孩子脑袋里的东西太多了，有一只狐狸、一个女巫、四个魔鬼、一个食人魔、一年十二个月、一个雪人、一座水城堡……莉莉的脑袋里可不会装那么多乱七八糟的东西，她的脑袋里装的就是篮球、篮球、篮球……

可是，整个世界似乎都在和莉莉作对。学校太小，学校小了，体育老师也就少了，所以学校只组建了一支篮球队——下坡路小学男子篮球队。其实要想取得成绩，训练女篮更容易，但体育老师说，带女篮没意思，于是莉莉在学校里就没有篮球队可以参加了。

莉莉的妈妈也不愿意让莉莉打篮球，人家的孩子都是学奥数学英语，为什么自己的孩子学篮球，打篮球的女孩子哪像女孩子呀！莉莉的爸爸倒不反对，因为他根本懒得管，他发脾气都来不及，一个大人，如果想发脾气，每天都可以在外面找到一堆发脾气的理由。

那莉莉怎么打篮球？只能跟着男子篮球队一起训练。

夏天和孙浩赶到学校篮球场的时候，莉莉的训练已进入“高潮”。莉莉很扎眼，三对三的半场比赛，场上只有莉莉一个女生。

莉莉借着一个男生的挡拆，从底线沿着一道弧线跑出一个空位，球很顺利到了她手里。莉莉双手跳投，夕阳红彤彤的光越过学校旁边的几座高楼，照在球场上。夕阳的光芒晃了大家的眼睛，等大家睁开眼仔细瞧时，篮球已经在篮筐上弹了一下，落到界外了，球没进。

“好球，好球！”教练冲着所有人喊，“看到了吗？这球虽然没进，但战术打出来了，莉莉位置跑得特别好，机会来了，该出手就得出手。”

体育老师总是大喊大叫，一旦做了小学体育老师，就和

“轻声细语”“好好说话”告别了。

三个人终于凑齐了。莉莉还是气喘吁吁的。

太阳又沉下去了一些，三个人的影子在球场上拉得长长的。

“你正在做的事情就是最酷的事情。”夏天迫不及待地抛出这句话，搞得孙浩和莉莉有些莫名其妙。

“莉莉，我想到你演讲的内容了，就讲你打篮球。”夏天解释道。

“可是我从来没有参加过正式的篮球比赛，没有获奖证书，我从来没有值得炫耀的事情。”

“刚才那个球没投进，教练为什么要表扬你？”夏天问。

“因为机会来了，你不投，就不可能得分呀！那些男孩的缺点就是犹豫，不敢投球其实就是害怕失败。”

“所以机会来了，把球投出去是一件很勇敢的事，对不对？”

“是的。”

“不管这个球进不进，把球投出去就是一件很勇敢的事，

对吧？”

“是的。”

“所以，虽然现在你没有获奖证书，没加入校队，但你还是在做一件很勇敢的事情，因为你喜欢，对不对？”

莉莉不说话了，她好像无法反驳。

“你努力在做的事情就是最酷的事情。”夏天终于又回到正题上来了。

听了这句话，莉莉隐隐感觉到一丝喜悦，在严密的推理之下，她终于感受到了自己的价值，她以前从来都没有这么想过。

“夏天，那我该讲什么？”看莉莉的演讲内容有了着落，孙浩竟然有些着急。

“你努力在做的事情就是最酷的事情。”夏天重复着这句话。

“我一回家就陪爷爷，我没做什么事呀。”

“你努力在做的事情就是最酷的事情。”夏天又重复了一遍这句话。

孙浩气得都想打夏天一拳，“明知故问”“故作神秘”是老师最喜欢干的事,现在夏天也在玩这一套。

夏天知道自己有些过分了,连忙解释:“孙浩,就在刚才,你能让爷爷开心,能让妈妈不生气。你都不知道自己有多厉害。”

夏天对莉莉说了刚才发生在孙浩家的事情。

夏天是用欣赏的语气和表情讲的,孙浩能感受到这份真诚,听的时候脑海里不断回放刚才的画面。

“孙浩,你真的很棒。”莉莉似乎想起了什么,有些难过,“我和爸爸妈妈就经常不能好好说话,我讨厌爸爸妈妈把坏脾气带到家里,可是我自己的脾气也很不好。”

在赶回家吃饭前,孙浩和莉莉同意参加演讲比赛了。

不就是讲自己正在努力做的事吗?——讲!

10.全都反着来

有些人就是有这样的能力。再小的地方，再习以为常的地方，他们也能找到属于自己的秘密场所。

那天，夏天走到教学楼顶楼，有一间教室的门永远关着。那是一间废弃的教室，门是木门，用一把老式的铜芯锁锁着。封闭废弃的地方总能引发人的好奇心，已经有好几个调皮的男孩想试着用别的钥匙打开门，可都没成功。

夏天找到了可以突破的地方——铜锁边的一块木板上有一条裂缝，手可以从裂缝中伸进去，伸进去后摸到里边的把手，一转，门就开了。

于是，他们就找到了一个特别的地方——里面有一块黑板，一张堆满了杂物的棕绷床，布满灰尘的两张桌子和几把椅子……如果没猜错，这里原来应该是教师宿舍。

这个地方仿佛就是专门为他们的秘密训练准备的。

没错，他们在学校里找到了一个秘密训练基地，只要稍微打扫一下就可以用。

“我们在做一件特别的事。”夏天压低了声音。就这么一句话，把另外两个人都激发得热血沸腾。“要想战胜金磊，光有内容是不行的，我们需要练习，这个地方就是专门为我们准备的，我们就在这里秘密练习。”

“首先，我们要给这个地方起一个名字。”

“夏天教室？”孙浩简单挪用了一下“李老师的演讲教室”的创意。他知道这个提议不会被采纳，因此声音很小，小到似乎连灰尘都感受不到。

“超级演说家的诞生地？”最近《超级演说家》这个节目非常火，莉莉的提议是受了这个节目的启发，但这个名字显然太长了。

“41℃ 演讲教室，怎么样？”41℃，41℃ 的夏天，火热的夏天，火热的演讲，热烈，热情，热爱……“哇，好棒的名字！”孙浩和莉莉激动地大叫。夏天之所以先问孙浩和莉莉，是因为他也拿不准自己想的是不是最好的。

“要想战胜李富贵老师，战胜金磊，我们就要用一些特别的方法。”夏天抛出第二个话题。

是呀，李富贵老师平时话不多，就像那些作家一样信奉“精致的沉默凌驾于一切之上”，起个笔名都是哑默、莫言。话不多的人有一个特点，做事总是严谨苛刻。李老师在有条不紊地帮助金磊备战学校的演讲比赛，准备拿到第一名以后去参加市里的比赛拿万元大奖。最近每周一次的演讲课，李老师都在打磨金磊的演讲稿，大家在课堂上观摩李老师对金磊的指导，这种观摩对大家来说是最好的学习。

“什么方法？”孙浩和莉莉问。

“李富贵老师总是认为他的方法是最好的，那我们就用相反的方法。”

相反的方法？太神奇了。

于是，秘密训练在“41℃ 演讲教室”里开始了。

第一周

这天，李富贵老师在黑板上写着——着装大方得体。

李富贵老师强调，着装和站姿过关了，演讲就已经成功了一半。

演讲需要棱角分明，需要刚劲有力，所以西装、衬衫、领结或领带等是首选，绝对不要穿那种有褶皱的裙子，不要穿皱巴巴的休闲裤。

好的演讲一定要配上好的姿势。演讲时双脚张开与肩同宽，身姿要挺拔，双手自然相握放在小腹处。要昂首挺胸，绝对不能低头，否则就显得垂头丧气了。

说起来容易，做起来难。这天，金磊光站姿就练了十多分钟。

回到秘密教室，夏天在黑板上写——着装自然随意。

夏天说，我们演讲的时候就不穿衬衫，就不穿皮鞋。

夏天让孙浩站在远处，孙浩太胖，整个人圆鼓鼓、胖乎乎的，就像是被吹足了气的气球。孙浩奶奶曾说过，他身上任何一个地方用手一按，就是一个可以养鱼的小水塘。胖确实是

个劣势，人胖了之后就显得软塌塌的，再穿上休闲的衣服，整个人看起来就很没自信地耷拉在那儿。

莉莉是瘦高个儿，精瘦精瘦的，肤色是那种在阳光里“浸泡”过的颜色。“没有人喜欢像我这样黑黑的女孩。”莉莉自己说。除了黑，她的脸上还挤满了痘痘，头发又短又硬。尽管莉莉大大咧咧，像个男孩一样不在乎自己的长相，但夏天还是没有当面说出来。

“难道，演讲一定要像李老师说的那样吗？”夏天看着两人站在远处的样子问道。

“你们在网上看过乔布斯的演讲视频吗？他永远是穿着黑色高领毛衣和蓝色牛仔裤，站在发布会的舞台上，为大家介绍苹果的最新产品。所以，咱们就穿平时的衣服演讲，莉莉可以穿运动服上台。”

其实，夏天这样说的时候，他并不知道现在有一种观点——过度的打扮会给人一种用力过猛的形象，现在很多人不喜欢这种形象。

“但是，孙浩，你那件有油渍的衣服就别穿了，也千万不要把裤脚塞在袜子里，穿得简单，不是穿得邋遢。”

这天的秘密演讲练习到很晚才结束。

第二周

这天，李富贵老师强调——演讲时一定要展示出自己的长处。

李老师这天的课讲得像排山倒海一样：

“每个人的心中都有崇拜的英雄，所以美国的好莱坞喜欢拍英雄——蜘蛛侠、蝙蝠侠、钢铁侠……因此，你要在最短的时间里，让自己成为观众心中的英雄，让观众变成你的粉丝。所以，你要在演讲中展示自己的优点。

“比如金磊，你做得最酷的一件事是在小学五年级就写了公开出版的书，这点全国也没几个孩子能做到。而且你必须让大家明白一点，你的书是放在新华书店里卖的，一位有名的作家还给你写了热情洋溢的序言。现在出书的孩子并不少，但大部分是花钱自费出版的，跟你出书完全是两码事。你必须展示你的优秀，你的与众不同。

“除了这个突出的优点，你还要把自己其他的优点穿插展现出来，比如你爱看书。你看书的习惯是一次买一两本，然

后从头到尾一字不落地看完。不像其他人，买书买一堆，但永远看不完。你还要告诉观众，你已经在看《小王子》，在看《苏菲的世界》了，光是这两个书名就能让台下大部分人感到有差距，因为他们看的大多是流行小说、漫画书。”

夏天、孙浩和莉莉在李老师的演讲教室里都听得一愣一愣的。

但是回到“41°C 演讲教室”，就是另外一回事了。夏天在黑板上写着：不怕暴露自己的缺点。

“孙浩，你有什么缺点？”夏天问。

天哪，回答这个问题对孙浩来说实在是太简单了。

“我做作业拖拉，有一次写作文用了三个小时。

“我很粗心，经常忘记带作业，班主任说她对我都快绝望了。

“我爱吃油炸食品，不爱吃蔬菜。

“我起床需要人催，我用衣袖擦鼻涕，我吃饭吧唧嘴，筷子拿得太低，我还爱放屁……”

夏天狠狠瞪了孙浩一眼，他感觉到孙浩是故意的了。

夏天又转向莉莉："莉莉，你有什么缺点？"

结果莉莉的缺点也不少：脾气有点儿倔，爱顶嘴，性格粗糙得像个男孩子……

"哦，天哪，你们的毛病可真够多的！"夏天先感叹了一下，再引导莉莉说出重点，"莉莉，你在打篮球方面有什么不足吗？"

"我个子不够高。

"我胯下运球不熟练，有时会把球运丢。

"我上肢力量不足，只能使用双手投篮，容易被人盖帽儿……"

"我们也不能把自己的缺点全说出来。讲哪些，怎么讲，我们要研究一下。"夏天面对孙浩、莉莉的一箩筐缺点，也有些慌乱。

这一天的练习又到很晚才结束。

11.“尽量”的力量

几堂课下来，孙浩和莉莉感觉有些不对劲了。

孙浩和莉莉知道夏天肚子里憋着一股气。这股气就像一股热浪，黏糊糊，热烘烘，在空气中飘荡、膨胀。

第三周的这一天，李老师强调——普通话要好。

这简直就是一句正确的废话，这样的建议还能怎么反驳呢？这就是一条公理、真理、至理，作为演讲者，要做的除了遵守，还是遵守。

不知道夏天心里是怎么想的，孙浩开始怀疑夏天的策略，一味赌气是不可能给他们带来胜利的。

回到“41°C 演讲教室”,孙浩和莉莉就想看看夏天会在黑板上写什么。

夏天拿起粉笔走到黑板前的时候，莉莉看了孙浩一眼，这是意味深长的一眼，意思是说:“他不会写‘不说普通话’吧？”

孙浩耸了耸肩,无声应答:“是的,如果他这样写,就是疯了。疯了。”

结果夏天在黑板上写——普通话不重要。

在意料之中。

又出乎意料。

什么意思?

这究竟是什么意思?

不完全是“对着干”,但仍然是“反着来”。孙浩和莉莉有些哭笑不得。

夏天已经慢慢成为这个团队的核心,什么是核心？孙浩能想到的例子就是爷爷。爷爷记忆力还没减退的时候,绝对是一家之主,不怒自威,一两句话就能平息家里一场不可开交的争吵。莉莉能想到的例子是篮球队的郑教练,郑教练能

把一群精力旺盛、自以为是的球员整合在一起打出战术。但是核心不是那么好当的，作为核心，就应该严格要求自己，说话做事要靠谱儿，不能肆意妄为。现在的夏天并没有起到一个团队核心的作用。

孙浩和莉莉觉得此时此刻他们应该做些什么，例如拎一桶凉水哗的一声倒在夏天的头上，或者举起一个喇叭对着夏天大喊“醒醒吧”。可最终他们选了一种最温和的方式来叫醒夏天。

孙浩和莉莉在夏天面前演了一出戏，一个问，一个答。

“如果李老师说演讲时要发出声音。”孙浩说。

“那他会说演讲时可以用手语。”莉莉说。

“如果李老师说演讲要站着。”孙浩说。

“那他会说演讲可以躺着。”莉莉说。

“如果李老师说演讲要沉稳，不能忘词。”孙浩说。

“那他会说演讲可以忘词。”莉莉说。

孙浩和莉莉的语调是阴阳怪气的，他们要让夏天明显听出他们的不满、抱怨、愤怒……

结果一番冷嘲热讽换来的不是夏天的羞愧，而是一句质问。没错,夏天的质问:“普通话不好,演讲时忘词就一定不是好的演讲吗?”

“那当然。”

“一定?”

“……”

和夏天在一起久了,孙浩和莉莉对“一定”也敏感起来。夏天说“一定”这个词的时候语调明显往上扬,这是一个富有挑衅意味的质问,孙浩和莉莉很想理直气壮地脱口而出“一定”,说出斩钉截铁的气势,灭灭夏天的威风。可是,孙浩和莉莉还是尿了,“一定” 这个词就停留在孙浩和莉莉的唇齿间,犹犹豫豫地出不来。

因为他们知道只要说出“一定”,夏天一定会去找反例,而且一定会找到一个普通话不标准但大获成功的演讲特例。例如,最近有一位讲古代诗词的大学教授,说话一股乡土气息,叽里呱啦,没有字幕你根本不知道他在讲什么。一配上字幕,你会发现他讲得那么好,还幽默得不得了,于是他迅速火爆起来。结果,教授看自己人气大涨,开始拼了命地改善自己的普通话,网友们反而不爱听了,他们已经习惯了教授那种

特有的腔调。还有一个因为“忘词”而成功的演讲例子:英国国王乔治六世有口吃的毛病,一紧张就结巴得更厉害,在语言治疗师罗格的鼓励和帮助下,乔治形成了自己独特的演讲风格——说不下去时就停顿,长时间的停顿。结果这种方式也取得了很不错的效果,显得更加庄重,更加符合他国王的身份。

本来孙浩和莉莉想给夏天提个醒——不要钻牛角尖,想挫一挫他的锐气,没想到才一两个回合,形势就发生了变化,现在无言以对的竟然是自己,真是太郁闷了。

“那你来示范一下,不用普通话,说话磕磕巴巴,做一次成功的演讲。”莉莉真的被惹恼了。

“范围也不用太广,就在‘国旗下讲话’时试一次。”孙浩跟进,想降住夏天。

夏天有些嗫嚅。

孙浩和莉莉也有些慌,其实他们很害怕夏天会说“讲就讲,谁怕谁”。这是一个冲动的人,是一个荣誉感高于一切的家伙。

“是的,你可以在下周一‘国旗下讲话’的时候用杭州话说说今年夏天的天气。”孙浩是杭州人，爷爷从小和他说杭州话，他的杭州话说得很地道，现在会说方言的人越来越少了，会说方言就像多掌握了一门“外语”。孙浩抢在夏天开口前，说了起来：“真当作孽呀，根枣……39°C，门枣 40°C，后尼 42°C，演巾一眨，热得来……烧烤噶滴。困了眠床……高头么红烧，困篾席么铁板烧，出器么烧烤，到游泳池里相么……回锅肉。旁友，到处虎戳锒铛，真当吃否消！劳资呀，温鸡……督头，捏杀捏杀。”[①]

前几天孙浩就说过这个段子，用杭州话吐槽这个夏天太热了，当时三个人笑得前仰后合，夏天笑疯了，差点儿把前一天喝的水都喷出来。

但是现在，三个人都笑不出来。把这段笑话嵌进“国旗下讲话”的情境里，校长、老师、同学们错愕、惊吓、愤怒的表情顿时浮现在眼前。

---

①这段杭州方言意为：“真的作孽呀，今天……39°C，明天 40°C，后天 42°C，眼睛一眨，热呀……和烧烤一样。睡在床上……像红烧，睡在席子上像铁板烧，出去像烧烤，到游泳池里像……回锅肉。朋友，到处热火朝天，真的吃不消！我呀，像一只没精打采的鸡……太阳太毒了，热死啦，热死啦。”

“你害怕了吧？” 孙浩说。

“你也知道，这样做像小丑。”莉莉说。

夏天的脸憋得通红，不说话。

“你自己不做，但让我们这样做，你不是让我们去参加演讲比赛，你是让我们去出丑，让别人看我们的笑话。”

散落在各个角落的灰尘仿佛受到某种情绪的惊吓，飞舞起来，阳光透过窗户射进来，尘埃杂乱无章地排列组合，勉强组成一道肮脏的灰尘彩虹。三个人敛声屏气，不敢呼吸，气氛有些尴尬、沉闷。

夏天始终沉默。

第四周

这一天，李富贵老师强调——引用名人名言。

“写文章和演讲时，为什么要引用名言，为什么很多人喜欢引用名言？

“很简单，同样一个意思，名人总是表达得比你更精确、更有趣、更让人印象深刻。例如，劝说别人对未来要有信心，我们一般只会说‘希望在前方等你’这样的话，但王尔德是怎么说的——不要垂头丧气，即使失去一切，明天仍在你的手里。这样的句子显然碾压了普通人的表达。

“其次，所谓名人，就是成功人士，他们说的话可信度高，反之，一句漂亮的话，由一个一事无成的人说出来，也会显得没有分量，甚至会变成花言巧语。

“还有一点，当你在演讲时引用名言，大家会觉得你是一个积极上进的人、一个爱读书的人，谁会拒绝一个积极上进又爱读书的人呢？”

孙浩、莉莉在听的时候心神恍惚了一下，差点儿忘记立场鼓起掌来。

回到“41°C 演讲教室”，夏天在黑板上写——尽量不引用名人名言。

孙浩向莉莉挑了挑眉毛，莉莉会意，她知道孙浩是让她看“尽量”两个字，这两个字从来没有在“41°C 演讲教室”的黑板上出现过。

“名人名言有那么多好处，我们为什么不用呢？”夏天显然是提前查了资料，他又在黑板上写了几个小问题——

名人说的话就一定对吗？

名人说的话就一定适合自己吗？

名人说的话就一定适合当今时代吗？

孙浩和莉莉有些感动，夏天以前只是告诉他们怎么做，现在却在解释。有了感动，什么事都好说。夏天指着这三个问题，提高音量说道：“动不动就引用名人名言，只能证明自己口才不行，证明自己是一个没有想法的人。这样的人看见名言就想抄下来，就像有些人看见打折就冲上去，看见买一送一就去排长队。”

“但是，一次演讲下来，如果没有重要的句子，总是让人觉得印象不深哪！”

“没错，需要说几句让人印象深刻的句子，但可以由我们自己来说。”

…………

这一天，回家又晚了。

第五周

这周，李富贵老师强调——一定要多用排比。

“多用排比，语言就有了力量。例如‘谎言是一只心灵的蛀虫，将人的心蛀得面目全非。’一般人觉得说出这样一个比喻句就很不一般了，但一个好的演讲者一定还会再追加类似的话，形成排山倒海的气势——谎言是一只心灵的蛀虫，将人的心蛀得面目全非；谎言是一个深深的泥潭，让人深陷其中，无法自拔；谎言是一个无尽的黑洞，让人坠入罪恶的深渊，万劫不复。

“金磊，你的演讲稿中有一句话——平时，他总是保持足够的敏锐去感受生活。你有办法把它改成一个排比句吗？”

金磊只是想了几秒钟的时间，就开始尝试了——

“平时，他有观察的眼，他有体验的心，他有思考的脑，他总是保持足够的敏锐去感受生活，去体会生活，去咀嚼生活。”

天哪，金磊不仅完成了任务，而且超额完成了任务！

“金磊，你再看看演讲稿中的最后一句话——我现在还是个孩子，但我最终会成为一名作家。意思不变，再把它变成一组排比句。”

金磊不愧是李老师的得意门生，不久，他就用动听的声

音朗诵起来——

“我现在是一只茧，但最终会破茧成蝶，张开翅膀在花丛中飞舞。

“我现在是一只雏鹰，但羽翼会逐渐丰满，在蔚蓝的天空展翅翱翔。

“我现在是一条小鱼，但身体会在逆流中成长，最终在江河湖海畅游。

“我现在还是个孩子，但我最终会成为一名作家。”

夏天他们几个都听呆了，简单的一个句子，真的变成了排比，而且还有比喻，还很押韵。

回到“41°C 演讲教室”，夏天在黑板上写着：尽量不用排比。

孙浩和莉莉觉得夏天这句话其实是“多此一举”，因为翻遍他们以前的所有作文，也找不出几个排比句。对于他们来说，不是“尽量不用”，而是根本用不出来。

“其实，我们也可以用上一两个排比句。”莉莉拿出自己的演讲初稿，里面有一句话——把人和人分开的不是性别，而是天赋、坚持和你流过的汗水。

这句话三个人都熟悉，莉莉的篮球教练说过类似的话，莉莉记住了，写在演讲稿里，然后三个人修改了一下，变成了现在这个样子。想把这句话变成排比句很简单，就是把这个句子拆开——

把人和人分开的，是你优秀的天赋；

把人和人分开的，是你不懈的坚持；

把人和人分开的，是你流过的汗水。

莉莉试着读了一遍。但夏天不同意这么改，因为“41°C 演讲教室”的宗旨没有变，依然是反其道而行之，尽量和李老师相反。

“尽量”就是竭尽所能，全力以赴。孙浩和莉莉又闻到了一点点“赌气”的味道，但又找不到反对的理由。

这一天，为了将一句普通的话读出能与排比抗衡的效果，三个人又练到很晚。

12. 金磊的演讲

经过五周的准备，学校的演讲选拔赛开始了。

演讲比赛是在大礼堂里进行的。

五、六年级将近三百名学生坐在下面。一个班级一个方阵，班主任坐在每一个方阵的旁边，偶尔站起来巡视一下自己的方阵，如果发现有人在讲话，就用手势制止。

六年级学生的演讲真是让人想打瞌睡。他们根本没有认真准备，有的甚至拿了一份稿子上去很仓促地念了一下，他们的演讲让人想到的就是“草草了事、应付、敷衍”这些词语。

这也可以理解，他们都在全力以赴准备毕业考，都不愿意在其他事情上浪费自己的时间。

五年级的同学也不积极，因为每次比赛结果都没有悬念,所以谁也不愿意去做陪衬的“绿叶”。孙浩、莉莉报名参加比赛的时候,他们的班主任很惊讶,但惊讶过后就是欣喜,本来他们还在为发动谁去参加比赛发愁呢。

大家心中盘算着,再坚持听完几个人的“朗读”,就可以回去了。不料,下一位上台的选手开口第一句话便使大家精神一振。是的,大家忘了李老师的得意弟子金磊还没上台呢。

台上的金磊让人眼前一亮。金磊的装束完全符合李老师的要求——有棱有角。白衬衫扎在熨烫过的有清晰裤线的裤子里,两条裤线几乎完全平行,衣领上系着蓝色的领结,整个人显得自信、挺拔,就像课文里经常提到的“小白杨”。

感谢大家把宝贵的时间留给了我，感谢大家听我讲故事,我站在台上,当然希望大家关注我。

我今年十岁,十岁是一个多变的年龄。说不定明天你醒来,也没发生什么怪异的事,只是伸了一个懒腰,或者喝了一

碗粥，你就冒出了一个新的想法。你想成为一个科学家，或是当一个明星，谁知道呢？没有到来的明天，对十岁来说，充满了各种可能。

而我的理想很明确，我就想成为一名作家。

我一直在为成为一名作家而努力，我觉得这是一件很酷的事。

今天，我感觉我朝自己的理想又迈进了一步，我的书正式出版了，大家可以在新华书店找到我的书。

金磊在演讲的时候，表情以及手部动作非常丰富：说到“我”时，就会用手掌按一下前胸，表现出特别想和大家交流的样子；说到“伸懒腰”，就象征性地比画一下动作；表明理想时，又微微握拳，轻轻在空中晃动，以示坚定。所有的动作都恰到好处，看得出是经过反复练习的。

为了成为一名作家，我告诉自己——每天至少要看一个小时的书。

是的，最终教会我写作的是书。想成为作家，必须要热爱阅读。

我经常提醒自己，要时常读一些有难度有挑战的书，读一些一下子看不懂的书，比如《小王子》《苏菲的世界》《红楼梦》……如果一个人只看流行小说，只在漫画里获得阅读的乐趣，那么，他并不适合把作家当作自己的人生目标。

我经常提醒自己，有时候还要像一名作家一样去阅读。读书的时候要问一些“怎么写”的问题：他为什么要用这个词？他为什么这样布局？他是故意这样写的吗？如果我来写会怎么写？这样读书是有点儿累的，可是，在膝盖上放一盘爆米花，傻傻地随着故事情节喜怒哀乐，在写作上是不会有进步的。

金磊的语气很肯定，不容置疑。他只用一句话就透露出他看的书“层次很高”，像《小王子》《苏菲的世界》这些书是很少有同龄人读的，这是一种很巧妙的炫耀，也是李老师教的绝招儿。他在告诉他的同龄人：我读的书比你们多，我的读书方法比你们好，我比你们优秀。

为了成为一名作家，我告诉自己——要善于观察生活。

就像一个肠胃敏感的人，吃了脏东西容易出现腹泻；一个对环境敏感的人，会因为花粉而全身瘙痒；一个对天气敏感的人，会在下雨天关节疼痛。一名作家，对生活中琐碎的事，对看似不重要的事，对自然界的细微变化，感受要比一般人更明显。一名作家，一定是一个对生活细节特别敏感的人。

例如作家史铁生，他因为疾病的原因常年坐在轮椅上，可是他依然写出了很多优秀的文学作品，因为他的“生活敏感度”很高。在同样的经历中，他有观察的眼，他有体验的心，他有思考的脑，他总是保持足够的敏锐去感受生活，去体会生活，去咀嚼生活。窗外飘落一片树叶，墙上留下一道雨痕，枕边爬过一只蚂蚁，他都可以写出一篇文章。作家的感觉神经是裸露在外的，非常容易被触及和拨动。

为了增强自己的生活敏感度，我给自己准备了一个小本子，随时记下我眼睛看到的、耳朵听到的、鼻子闻到的一切新鲜的东西。

这段话听起来真是舒服，其实挤一挤，把汤汤水水都挤掉，剩下的"干货"并不多，无非是在说"平时要注意观察，要多积累素材"。可金磊已经学会将一句话绕来绕去拆开来讲，再运用排比句式，而且并列的句子字数都差不多，听起来铿铿锵锵特别好听。

为了成为一名作家，我还告诉自己——每天至少要写八百字。

有人说过，要成为一名作家，必须得习惯做这样的事：试着每天在一个固定的时间坐在书桌前，比方说在早上八点或晚上八点坐下来，启动电脑，打开文档，然后开始安静地写作。这其实就是爱迪生所说的"天才是百分之一的灵感加百分之九十九的汗水"，就是黑泽明所说的"天才就是像笨蛋一样拼命努力的家伙"。

在这个暑假里，我每天都会坚持写三千字，这是个很酷的开始。我一个字一个字地积攒，最后我写了五万多字，于是有了我的第一本书。我从来没有想过能在新华书店看到自己写的书，我现在只有十岁，我想这是一个不错的开始。著名作家左马为我的书写了序言，热情洋溢地鼓励了我。

是的，在这个暑假里，我本来可以选择看动画片，可以出去溜达一圈，可以和朋友煲电话粥、出去玩，可以窝在沙发里发呆……我有太多的选择，但最终我选择启动电脑，打开文档……

这一段演讲，说实话，也足够精彩。名人名言和精心的描述，那种自信已经渗透在声音里。有好几个孩子张大了嘴巴表示佩服，然后迎接“结尾”的到来。

我知道我现在是一只茧，但最终会破茧成蝶，张开翅膀在花丛中飞舞。

我知道我现在是一只雏鹰，但羽翼会逐渐丰满，在蔚蓝的天空展翅翱翔。

我知道我现在是一条小鱼，但身体会在逆流中成长，最终在江河湖海畅游。

我知道我现在还是个孩子，但我相信自己最终会成为一名作家。

13.“41℃演讲社团”的宣战

有人迫不及待地站起身。

椅子被带动的声音、东西掉在地上的声音、不知道从什么地方冒出来的嬉闹声……似乎都在抢着宣布演讲比赛已经结束了。

但主持人提醒大家后面还有比赛选手。主持人本来是走到舞台中央庄重典雅地准备“串场”的，可看到乱糟糟的场面，她抓起话筒边走边喊，等她走到舞台中央时，话已经说完了。

轮到孙浩上场了。

好不容易走上舞台的孙浩身体拼命往前倾，看起来像趴在桌子上一样。

夏天的身体也随之往前倾，好像被孙浩传染了。等夏天意识到，他马上挺直腰板儿拼命往后仰，他是希望给孙浩一个示范，但孙浩哪里还能注意到他。

夏天觉得，礼堂里仿佛飘着一朵乌云，越来越大，越来越高，越来越黑，闪电在周围噼啪作响，甚至把乌云撕成了好几块。

太紧张了。

大家好，我叫孙浩，是“41°C 演讲社团”的成员。

我今天演讲的题目是——我要替奶奶好好陪着爷爷。

一上来就把“41°C 演讲社团”亮出来，是夏天的意思，孙浩和莉莉也乐意执行。毫无疑问，这是一场针对“李老师演讲社团”的宣战。

我是今天的重量级选手，我看过了，今天上台演讲的同学，没有一个比我重。

下面稀稀拉拉有了笑声。

我知道我比较胖，因为我总是管不住自己的嘴，我爱吃肉，爱吃油炸食品。我做事有些拖沓，回家要和爷爷养的乌龟说会儿话，要看会儿电视，作业有时要磨蹭到夜里十点才能做完。

孙浩按“41°C 演讲社团”的计划，开始贬低自己。效果似乎不错，台下开始安静下来，有几个男生在提醒旁边“别吵”，他们对台上这个胖子有了兴趣。因为他们终于看到了一个同类——一个有缺点的人。

真的，我不是个完美的小孩儿。但是当老师在班会上问，是谁踢坏了台阶的地砖时，我立刻站起来承认。我奶奶说过，男子汉就要敢做敢当。

现在我正在做一件很重要的事，就是陪着我爷爷。

八月的时候，奶奶已经无法进食，她虚弱到正在失去记忆和意识，她常常分不清白天和黑夜，也不知道自己在什么地方，更不愿意理人。

只有我在大声喊她“奶奶”的时候，她才会抬起头用尽全力睁开眼睛，回复一声“哎”。

奶奶最后一次入院我们全家都去了，我们推着病床上的奶奶做各种检查，但奶奶还是离开了我们。

奶奶离开的那天，距我十岁生日还有十五天，我被大人带去见奶奶最后一面。

奶奶安静地躺在那里，我不知道发生了什么，周围大人讲的话我也不明白，我只是给她磕头，然后站到一边，看着沉睡的奶奶。

我在想奶奶在天堂会不会孤单，会不会被人欺负，我好想保护奶奶。

想着想着我就哭了，料理完奶奶的后事，我们回家了。可家里再也听不到奶奶快乐的笑声，看不到她慈爱的目光。

很多人的眼眶湿了，有的任其变成一汪泉水，有的用手背或者拉起衣脚反复擦拭。“爷爷、奶奶、外公、外婆”是一些奇妙的词语，就像“王子”“公主”，就像“很久很久以前”，本身就有情感，可以碰撞出许多回忆。

从我出生以来，奶奶从没离开过我。我想起她对我说过的话，她说如果有一天她不在家里，要我好好陪着爷爷、照顾爷爷。

我不知道奶奶为什么这样说，那时的她很虚弱，我也只是点点头。

晚上我习惯和妈妈睡，可是答应奶奶的事情我就要做到，于是我抱着被子去了爷爷的房间。

第二天早上，他们问我为什么跑去爷爷那里睡，我说我要陪着爷爷，他很孤单。

爷爷每天都出去锻炼身体，他出去又不带手机，总是很晚回来，我特别担心。所以我很认真地告诉他，每天必须带手机，在七点之前要回家。

爷爷有时不听话。有一次爷爷站在椅子上拿东西，我要他小心点，妈妈也责怪爷爷不该爬那么高。爷爷小声地对我

说:“爷爷会注意的，爷爷答应奶奶要照顾你们，看着你长大。”

你知道吗？和一个老人生活在一起是很有趣的。能有一个人那么认真地为你表演慢动作。爷爷的动作真的很慢,每一个动作都从容不迫，你能看到以前从未见到过的东西,你终于明白在一片面包上涂花生酱要分这么多步骤。

这样的趣事太多了,比方说我经常问爷爷“你在哪里出生”。他会很认真地想,他是真的忘记了,最后他终于想起来了——我从我妈妈肚子里出生。

我想我奶奶,我也珍惜我爷爷,他陪着我长大,我也要快乐地陪着他变老。这就是我最近在做的事,我觉得很酷。谢谢大家。

大家差点儿忘记鼓掌,太意外了,所以大家都愣了,等反应过来时,胖胖的孙浩已经走下台来,走到他们身边。突然,无数的左手和右手用力拍在一起,那啪啪的声音让孙浩头晕目眩、双腿发软,他几乎迎来人生中另一个新的体验——晕倒,被幸福砸晕。

14.演讲台上的“压轴菜”

你听说过压轴菜吗？就是宴席的最后一道菜，有的地方也叫压席菜。

有些地方办宴席时的压轴菜是米粉肉，实在。有些地方办宴席的最后一道菜是鲍鱼，阔气。

大部分地方宴席的压轴菜是汤，这汤啊，数河南的最有趣，名字叫“滚蛋汤”，意思是提醒宾客宴席要结束了，喝完了就滚蛋。

这次演讲比赛，大家原本是把金磊的演讲当“压轴菜”的，吃完了正想走人呢，结果又上了一道，而且味道那么好，

算是意外的惊喜。

可是大家不知道，这次宴席，真正的压轴菜还没来呢。

莉莉穿着运动服走到了台上，孙浩的“成功”给了她极大的鼓励，否则她都没勇气走上去。

大家好，我是秦莉洁，也是“41°C演讲社团”的成员。从前年开始一直到现在，两年中我一直在做一件事。它很酷，它很有魅力，就是打篮球！

我是一个女孩，妈妈经常给我买洋娃娃，买粉红色的东西，她希望我学画画，学跳舞，总之她希望我像个淑女。可这些我都不喜欢，那天我从舞蹈教室跑出来的时候，妈妈把我培养成公主的梦想稀里哗啦碎了一地。

前年，我读三年级，我在体育活动中心看朋友打篮球，一下子就被这项酷酷的运动吸引了。我立刻告诉妈妈我要报名，妈妈吃惊地问我：“你可看好了！这场上可是一个女生都没有，你确定你要打？”

“是！我确定要打篮球。”

就这样，我走上了篮球场。

可一开始，我就有些后悔了。我没想到练习那么枯燥：运球练习无数次，胯下运球练习无数次，变向运球练习无数次，上篮练习无数次，定点投篮练习无数次……这些动作当初看起来那么酷，可是每天让你重复上百次，你也会无聊到想哭，你也会想放弃的。

可我没想到，更艰苦的还在后面。两个月后，教练开始安排对抗训练。大家都说“男女平等”，都说“男生能做到的女生同样能做到”，可是当你站在篮球场上，你就会发现男女真的是有差异的。我的体格明显不如男生，抢球时经常被撞倒在地，接球时手杵到球，手指肿得像小萝卜。

我哭过两次，除了痛，还有委屈。

我们打比赛，一支队有五个人，就我一个女生，剩下四个男生都不给我传球。全场就看见我一个女生跑来跑去，连球都接不到。有的时候虽然我已经跑到最好的位置，示意队友传球，但是他们都不会传给我。

两年来，我是唯一一个在体育活动中心坚持篮球训练的女孩子。

是的，唯一一个，我觉得还蛮酷的。

这也说明了，如果一个人想做一件很酷很酷的事情，就要付出比别人加倍的努力与辛劳。

莉莉最后的这句话，效果很不错。在“41°C 演讲教室”里，这句话她练习了好多遍。就像莉莉在篮球场上练习胯下运球，不断重复是可以提升效果的。

夏天不断提醒她，这种重要的话，一定要说得慢一些，慢到连自己都难以置信，这样出来的效果才有可能与“排比句”相媲美。

夏天太紧张了，他根本没有注意莉莉演讲的内容，他只希望莉莉就这样按原计划讲下去，希望一切都顺利。但莉莉突然停了下来，她用舌头润了一下嘴唇，眼神有些慌乱，茫然地望向前方。然后，她把手放在了演讲台的桌面上。夏天和孙浩非常明确地接收到了信息，他们知道——莉莉忘词了。这也是在“41°C 演讲教室”里商量好的，如果紧张得忘了下面该说什么，就做一些只有三个人才明白的动作，例如将一只手稍微插入口袋中，或者把手放在桌面上。

天，莉莉忘词了！夏天的心都要跳出来了。

莉莉已经停了五秒钟，如果再想不起来词，慌乱会像雪地里滚动的雪球，越来越大，不可收拾。演讲就砸了。

“快说呀，说那句话呀！”夏天心里喊着，他甚至站了起来，做出掏口袋的动作，又怕太过醒目，马上又坐下去了。

我有点儿紧张，我好像忘词了……你们觉得我下面要说什么呢？……如果可以，我想看看我的稿子。

大家忍不住笑出声来，笑声中，莉莉真的从口袋里掏出一张纸看了一眼。天哪，还有这样的操作，大家真的是服了。这是一种很高级的幽默，故意“忘词”，调节气氛，这种幽默比“口若悬河”还了不起。大家觉得莉莉把演讲时的“紧张、尴尬”表演得恰到好处，在拿稿纸时她还做了个擦汗的动作呢。

其实，这仍然是在“41°C 演讲教室”里讨论出来的方法——让听众以为演讲者在玩幽默，事实上，演讲者真的需要看一下稿纸。但这种方法只能用一次，再用就露馅儿了。在夏天心还悬着的时候，莉莉开始往下讲了。

“你知道凌晨四点的洛杉矶是什么样子吗？”这是科比曾经说过的一句话。

我虽然不知道凌晨四点洛杉矶的样子，但我知道周六下午学校篮球场的样子。

今年五月我参加了一个篮球外教营，这个营里一共有六十个男生，我是唯一一个女生。

第一天开始时我还是有点儿紧张的，两两组队练习时，没有一个男生愿意和我一组，他们还说很难听的话。我就主动把那些影响我打篮球的话语屏蔽掉，让自己更加专心地打篮球。

到了第三天真正比赛的时候，他们就发现，我能做许多男生也做不出的运球动作：胯下、变向、背后、转体；我抢断积极，多次配合队员传球；我还能得分……最终我所在的组赢了比赛。

我发现，其实把人和人分开的不是性别，而是天赋、坚持以及你流过的汗水。

我这样说，大家一定认为我的篮球水平特别高，其实，并不是这样的。

我知道我成不了专业的篮球运动员。我现在一米六八，我妈妈有些着急，她不希望我长得太高，可是妈妈不知道，其实我的身高对于篮球运动员来说太矮了。

我也没参加过什么正式的比赛，我不是校篮球队的队员，这也不能怪我，我们学校根本没有女子篮球队。即使有机会参加比赛，我也不能保证赢，比我打得好的人太多了。

但是，我还是觉得自己很酷，因为我正在做自己喜欢做的事情，我喜欢打篮球。

我喜欢面对困难，然后把它克服的感觉。我打篮球时面对的是六十个男生，面对的是训练的痛苦。或许在座的同学面对的是天天上课的痛苦，家长面对的是天天上班的痛苦，医院的病人们面对的是疾病的痛苦，就连那些西装革履的企业家，每天都要克服无数的困难。

所以，我想说：其实，我们在做着同样的事情。我们每一个人正在努力做的事，就是最酷的事。

演讲比赛真的结束了。

大家安静地坐在那里。

五秒钟后，掌声充满了礼堂。即使这样，夏天和孙浩的掌声还是从一片噼里啪啦中突围出来，他俩的手都拍红了。莉莉的班主任还忍不住叫了一声："好！"

15.不公平

李老师用手拍了下话筒，会场里响起一片嗡嗡声。这不仅是试一下话筒的音响效果，也是提醒大家他马上要讲话了，大家应该立刻安静下来。

李老师马上要宣布比赛结果了。

本来，这是一场毫无悬念的比赛，大家只是来欣赏李老师和金磊的表演，这是金磊去市里参加比赛前的一次演练，或者说是李老师又一次借这个机会向大家展示“什么是好的演讲”。

可是今天，事情有了一些小小的变化。

孙浩和莉莉的班主任心理起了变化，当初，孙浩和莉莉报名参加比赛的时候，他们是又好气又好笑，他们并不希望自己的学生太不自量力，可当他们实实在在听到了掌声，一种叫“可能”的东西把他们的心噬咬得很难受。他们不敢表现出来，但是“不露声色”实在是太难做到了，他们或者五指交叉紧握，或者紧紧抿着嘴唇，“万一获得一等奖呢”这个念头在他们的脑海里翻涌。

最紧张的当然是夏天。三等奖的名单一宣布，夏天在心里用力挥了一下手臂，因为三等奖的名单里没有孙浩和莉莉，他们又多了一份希望。“希望”几乎让夏天无法呼吸，他全身都绷紧了。

接下来是宣布二等奖，夏天当然不希望听到孙浩和莉莉的名字。金磊的演讲确实不错，但是，孙浩和莉莉毫无疑问得到了同学们更多的掌声。一个男生还忍不住吹了声口哨儿，他是篮球队的，他们没想到莉莉不仅篮球打得好，而且能够在台上演讲，还把他们说哭了。

“今天比赛的二等奖是——”

夏天感觉心都要跳出来了。

“今天比赛的二等奖是——孙浩、秦莉洁。”

“比赛不公平！”夏天突然站了起来。

夏天的呐喊像一道闪电击中了李老师，同时把整个大礼堂撕裂了。

从来没有发生过这样的事，一个学生公开质疑比赛的公正性，这是向谁宣战呢？李老师凑近话筒，一个字一个字地说：“哪里不公平？”

夏天现在哪里还能够一二三四地分析原因，即使是一个大人也无法做到。他一头短发好像都竖了起来，只是机械地喊着：“就是不公平！”

孩子们都看向李老师。他的牙齿慢慢咬紧，越来越紧，最后满脸通红。尽管距离很远，但孩子们还是本能地避开他的眼神。

李老师缓缓地由左向右转身，俯视着学生们的脸，他努力维持平稳的语调：“我知道你和孙浩、莉莉在一起准备演讲，但你害怕失败，不承认失败。这是最有失礼仪的一种表现。有的人就是这样,似乎全世界都要迁就他们,都要小心翼翼地照顾他们失败后的心情。”

夏天觉得有许多话哽在喉咙,但话还没说出来,眼泪先流出来了。

夏天咬着自己的下嘴唇,现在他只能用哗哗的泪水为自己辩护,他心里在呐喊:

“你没有听到同学们的掌声吗?

“你敢让同学们投票吗?

“你敢说你不偏心吗?”

…………

夏天最终没有喊出来。

发生这样的事,错的只能是孩子。

16.特殊的观众

就在夏天和李老师剑拔弩张地对话时,礼堂里还有一位特殊的观众把这一切都看在眼里。

这个人是朱点的妈妈。朱点也在这所学校读书,也是五年级的学生。她今天来接朱点到得有些早,就循声到了大礼堂欣赏孩子们的演讲。

朱点妈妈原来是本地报社的记者。但是纸质媒体的生存压力越来越大,年轻人基本都是通过手机来了解世界,像李富贵老师那样买报纸的人越来越少了。

仅仅五年前,这个城市的每个街口都有一个报摊,报摊上的报纸分好几类，有的登一些国际的时政要闻，有的就记录城市里的日常生活。人们不仅是通过报纸看新闻，也通过报纸解决生活中的实际问题，例如找工作、找对象、了解天气情况、研究股市、寻找房产信息……但自从有了智能手机，报摊似乎在一夜之间就消失了。偶尔还能看到几个，也主要是以卖饮料和零食为主。机灵点的老板会在报摊上放一个电饭煲，里面煮上茶叶蛋和玉米棒，整个街角都飘满香气，让城市的犄角旮旯都多了点淳朴的生活气息。

因为报纸销量下降，在报社工作的收入不增反减，朱点妈妈就辞职了，开始做自媒体。她自己开了个教育类的公众号，两三年努力下来，倒也积累了三十多万粉丝。但最近朱点妈妈的压力越来越大，辛辛苦苦写一篇文章，可能只有五千人会看。为了提高浏览量，朱点妈妈也习惯了把文章的题目起得耸人听闻：

孩子考上知名学校，却是噩梦的开始

这本书堪称学习英语的“葵花宝典”

科学证明：小学生作业过量压力过大会造成脑损伤

每三四天就要写一篇原创的文章,让朱点妈妈的写作风格明显发生了变化,以前她还会在自己的笔记本上记一些文绉绉的句子:

温暖和煦的阳光仿佛把周围的一切都渲染得宁静而美丽。

从天而降的雨水是那么的细、那么的轻,仿佛永远也没有办法抵达地面。

他们听着风吹拂树枝的沙沙声,欣赏着茂密针叶间闪烁的金光。

但那是以前了,现在的朱点妈妈一方面对身边的很多事情开始变得淡漠,一方面又对很多事情,尤其和教育有关的事情变得特别敏感,毕竟一个公众号的经营者要不断寻找新鲜话题。

这一天,她去学校接朱点,在礼堂看到了夏天在抗议,那个场面让她的心受到了猛烈的震动。她隐隐约约觉得这件事值得关注，她应该围绕这件事做点什么。

她不允许自己错过，这是对她职业敏感性的一种检验。

朱点妈妈迅速在脑海里梳理着关键语句——

一个孩子竟然公开质疑学校

最重要的事是什么——陪伴爷爷

十岁女孩从六十名男生中突围

朱点妈妈把纸铺在眼前看了一会儿，她要用一种刺激的抓人眼球的方式把关键的元素都写上去，因为她也不知道哪一个点会吸引读者。

朱点妈妈想找很多人谈谈。

找孙浩、找莉莉，当然还要找李富贵老师和夏天。

把真人真事“搬”到公众号上去，就必须先征得当事人的同意，这是作为新闻人的底线。

朱点妈妈让朱点在教室里做作业。

她走向李老师的演讲教室。其实李老师也是她的老师。

是的，她的老师已经在这所小弄堂学校工作了三十多

年。二十年前，她在这里上学，二十年后，她的孩子也在这里上学。

所以，朱点妈妈和李老师很熟。掐头去尾，他们这次聊天儿中最重要的部分就是下面这段：

“老师，大礼堂里那个孩子好像很激动。”

“这些孩子，不愿意努力，但又不愿意接受失败。”

“现在的孩子，最想要的是公平，他们心里不服气。”

“懒惰与懦弱的人，根本不配谈公平，他们没看到成功的人付出的努力，就是这样。”

“但我们可以让他们心服口服。”

“你什么意思？”李老师终于发现自己的学生并不是来安慰自己的。

“我能把演讲的视频放到网络上吗？放到我的公众号上，让更多的人看到、评判。”

“公众号？”李老师对这个新鲜玩意儿有些陌生。

“公众号就是一种传媒形式，只是要在电脑或手机上看，稿子由作者自己写，想写什么、是否想和读者互动都是作者说了算。”

朱点妈妈尽量解释得通俗一些，避免出现专业词汇，这一点也是李老师曾经教她的——当我们在解释一件事情的时候，要有读者意识。

朱点妈妈把手机递给李老师。

但李老师拒绝了："我还是习惯看报纸。"上了年纪的人不喜欢改变习惯的生活方式，例如看报纸，走两条街去实体商店买东西，用老式手机发短信，等等。

朱点妈妈能理解李老师这种心情，也许等她到了李老师这个年纪，就该有年轻人向她介绍新鲜事物了。谁知道将来会出现什么新科技呢，想都不敢想。

"你也觉得我的评奖结果有问题吗？"李老师习惯地推了推眼镜。

"老师，我肯定不怀疑您的公平公正。但是现在的孩子不一样了，他们希望有透明的平台。"朱点妈妈心里清楚，委婉的解释、绕弯子反而会激怒李老师，"什么是好的演讲，什么是成功，大家的认识都在变化。就像您现在是通过报纸看新闻，而现在的年轻人大都通过网络来了解时事。"

"你是说我的判断有可能落伍了？"李老师闭上了眼睛。

“老师，上世纪70年代，有一位墨西哥裔民谣歌手罗德里格兹，他在美国发行了两张专辑，可完全卖不出去，一张专辑甚至只卖出了几十张，市场的冷淡反应似乎证明他没有音乐才华。最终罗德里格兹放弃了音乐梦想，转行做起了建筑工。可是，那卖出去的区区几十张唱片中有一张跟随着他的主人到了地球的另一端——南非。谁也没想到被美国听众抛弃的东西，南非听众却非常喜欢。在南非，罗德里格兹是“比猫王还要有影响力”的摇滚歌星……”

朱点妈妈讲着自己喜欢的传奇故事。

朱点妈妈讲的时候，李老师再次闭上眼睛。

过了一会儿，李老师又睁开眼睛，五官逐一放下戒备，回到原来的位置。

时间虽然不长，但朱点妈妈知道李老师的内心也在纠结、挣扎。

“你还是像以前一样，很适合做新闻，说服人很有一套。”

“那是名师出高徒。”朱点妈妈调皮了一下。

紧张的气氛一下子缓和下来。一阵风吹过，窗外松树的针叶也轻微抖动起来。

17.儿子的歌

李富贵老师骑着"小电驴"来到了南山路。

这是一条右面靠山、左边傍湖的路。这条路又旧又窄,但年轻人的身影特别多,年轻人喜欢路边的那些酒吧,李老师的儿子就在某家酒吧里唱摇滚,那种歇斯底里的歌。反正只要说到摇滚,李老师能想到的就是"歇斯底里"这四个字。

李富贵老师搞不清楚是他骑着小电驴来到了这里,还是小电驴把他载到了这里。

让人想不明白的事情真的是越来越多——

一个小学生竟然当众质疑他评奖的公正性。

他的儿子到现在也没有找过一份朝九晚五的工作。

一个曾经教过的学生跑到他的办公室，莫名其妙地给他讲了一个外国歌星的故事，那个外国歌星的名字他想记也记不住。

应该是“摇滚”这个词把他带到了这条路，他儿子和他说起过这条路。

太阳在山的轮廓边缘移动，原来还有些刺眼，可一旦触及傍晚山背后的灰色天空，那光亮的强度就黯淡下去了。

太阳终究对这白天没有什么留恋，整个沉下去了。在天黑之前，李富贵老师找到了那家名为“燃烧”的酒吧，像贼一样溜了进去。这是一个上了年纪的贼，找座位就找了好长时间，他低着头走，傍着柱子走，往灯光照不到的地方走。

在混杂着低沉的人声和吉他声的喧嚣里，在烛光摇曳中，李老师找了个角落的位置，这个位置能看到酒吧中间的舞台，舞台上的人要看到他却很困难。

小小的舞台上面挤满了乐器：电子琴、合成器、萨克斯管、电吉他、贝斯……李富贵老师当然叫不出它们的名字，就像他叫不出他儿子乐队的名字一样。

李老师知道不能平白无故坐在这里。他想点一瓶五年陈、一份鸡爪、一碟花生米，但最终还是点了一瓶啤酒，他不想看到年轻的服务员一脸诧异的样子。

上面已经有一个歌手在唱歌，这个歌手很瘦，衣服仿佛是挂在身上一般，空空荡荡的。他一上台，双手便紧紧捧住话筒，坐在高凳上就开始唱歌。耀眼的闪光灯、欢呼声、应和声仿佛都跟他没有关系，他就这样一个姿势从头唱到尾。

他唱歌咬字有些含糊，到底在唱什么，估计没几个人知道。这就是李老师难以理解的地方，一个人唱歌就像嘴里含了口水，咕噜咕噜，咕噜咕噜……如果金磊在台上演讲是这样的表现，他会亲自把他赶下台。一个人话都说不清楚就上台演讲，这是对观众最大的不尊重。可是在这家小酒吧里，人们却还一副蛮享受的样子，手里端着酒杯跟着歌声一起轻轻摆动着身子，他们竟然愿意花钱听一个人“漱口”一样的演唱。天晓得现在的年轻人是怎么回事。

第二个出场的歌手把李老师吓了一跳。他蹦到台上，使

劲一跳，跳的时候有人猛地敲了一下“锣”，咣——李老师知道那肯定不叫锣，管它叫什么呢，反正那炸裂的声音差点儿把他的心脏震出来。

李老师惊魂未定，匪夷所思的事情又发生了，那位歌手拧开一瓶矿泉水就往自己头上倒，全场都疯狂了……李老师终于看清了台上歌手的样子。他穿一件海魂衫，脖子上系一条红领巾，抱一把吉他，在台上唱啊跳啊，他唱的哪是歌，简直就是在呼喊。下面很多人也穿着海魂衫戴着红领巾跟着喊叫。这怎么能怪自己不理解自己的儿子，这算什么唱歌？这叫什么艺术？这简直就是胡闹，李老师觉得在这样的地方待三分钟，他就会耳鸣，他的耳边永远会有嗡嗡嗡的回音，像有一只蚊子在他耳边嗡嗡嗡，嗡嗡嗡……

可就在两分五十九秒的时候，再过一秒他的耳朵就可能要产生突发性耳聋的时候，酒吧里忽然安静下来。真的，就当大家接近癫狂的时候，刚才那些噪声全都消失了，它们就像被酒吧里一张张因惊讶而张大的嘴吸进去了。

那个声嘶力竭披头散发的歌手突然用一种温柔的略带

磁性的声音对大家说:“三弦演奏者,何苦,我的父亲。”所有人的目光随着一束黄光聚焦到那个清瘦的弹拨三弦的父亲身上。那位父亲是再正常不过的父亲,一件白衬衫,一根暗红色的钉扣皮带,一条灰色的看不出是西裤的西裤。在热烈、躁动中,他安静地坐在那里。

李富贵老师的目光一直停留在那位父亲身上,那个弹三弦的父亲,为什么愿意为他的儿子伴奏,他真的觉得他的儿子唱得好吗?

儿子终于出场了,儿子的出场,是悄无声息的。

儿子的出场有些低调,低调到连他什么时候开口唱也让人觉察不到。

儿子还是那头长发,李老师最烦的就是他儿子的头发,一个男孩把头发留那么长,像什么样子。

他就在台上喃喃自语,自说自话,有时他唱得清清楚楚,有时又唱得含含糊糊。但是因为重复得多了,你会发现他是用那种匀速的语调在低喊,这喊声是有内容的——

棋盘里的帅和将在谈判

蚂蚁和大象在谈判

男人和女人在谈判

昨天和今天在谈判

倒影中的月亮和路灯在谈判

我的父亲和他的儿子却——不愿谈

我的声音他听不见

他嫌这里太吵太乱

我的声音他听不见

他嫌这里太吵太乱

怎样的工作才叫工作

怎样的快乐才叫快乐

是谁出的题这么的难

到处全都是正确答案

是谁出的题这么的难

到处全都是正确答案

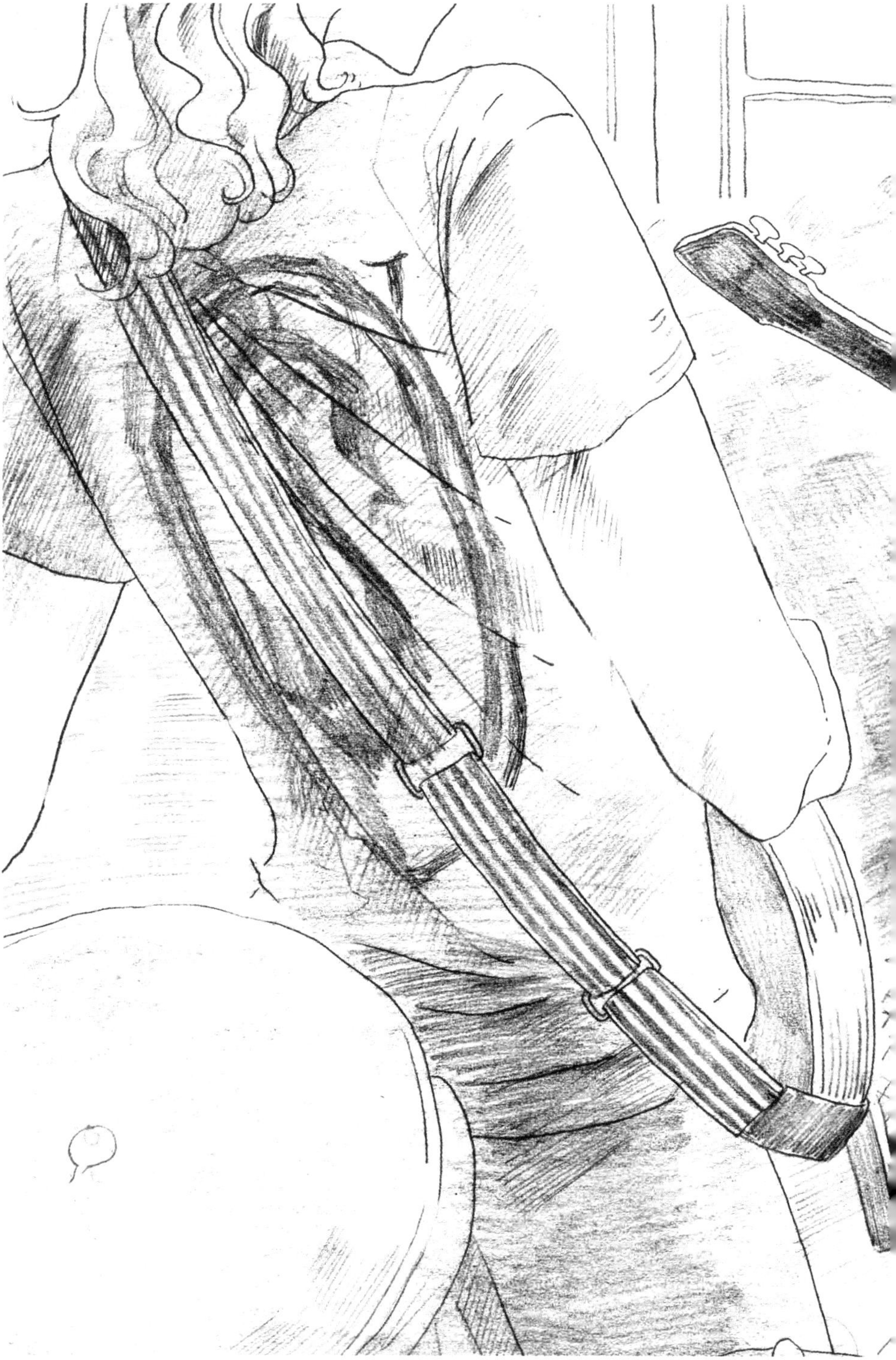

酒杯撞击的声音夸大了清脆，各种乐器的声音想脱颖而出，说话声明显加大了分贝……可当李老师听清楚儿子唱的歌词时，这些声音却渐渐模糊起来，慢慢隐退下去。相反的，记忆中的声音，那些儿子曾经说过的话、自己说过的话，从嘈杂中突围而出，在他的耳边回响：

爸爸，我想学音乐。

学这个有什么用？

爸爸，我要当歌手。

爸爸，我和朋友组了个乐队，我要到酒吧里唱摇滚。

去找份正经的工作吧。

你会为你的选择后悔的。

李老师想走上去，身体却停留在原地，他真怕自己会像个孩子似的在台下痛哭流涕，他更怕自己会像个陌生人一样摇摇头，默然走开。

他真的不知道该怎么办。

或许他早就应该来听听儿子的歌。

他也应该听听夏天的演讲,听听别人的想法。

这些年轻人其实也在很努力地生活呢!

18. 公众号上的反应

那天，朱点妈妈和李老师谈完，就在校园里继续找人。

朱点妈妈找到了夏天，找到了夏天，也就找到了孙浩和莉莉。

他们三人还在愤愤不平。当然，主要是夏天生气，孙浩和莉莉心里已经很满意了，他们没想到自己的演讲竟然顺利完成了，而且还收获了很多掌声。当时太紧张，没仔细体会，现在回想起来，从掌声的热烈程度来判断，应该有接近一百五十人。

这件事太奇妙了，总算没有辜负他们这几周的努力。

“你们对比赛结果不满意，是吗？”朱点妈妈直接切入他们的谈话。

“当然。我们的演讲很受欢迎。”夏天抬头看了她一眼，还憋着一股气。

朱点妈妈已经大致判断出来，这三个人里，夏天是核心，所以讲话时把更多的关注给了他。

“你们想让更多的人看到你们的演讲吗？”

“我是说把你们的演讲视频放到我的公众号上，让网友来评判。”朱点妈妈解释道。

“有多少人可以看到？”夏天问。

“这我就说不准了，我公众号上的文章，平均点击量是八千多，我尽量把标题起得吸引人一些，保守估计会有一万五千人看到你们的演讲。”

夏天、孙浩和莉莉有些呆了，一万五千人，学校的礼堂三百人就坐得满满当当，那就是五十个礼堂的人哪！

“当然，如果这篇文章成为热点，有其他公众号转发，可能会有十几万人看到，甚至几十万。”

…………

朱点妈妈解释得很耐心，她忘了站在她面前的是三个孩子，她和所有人说话都是这样，喜欢用精确的数字，这可能是她的一种职业病。

夏天很快答应了。

朱点妈妈不清楚，让夏天迅速做出决定的不是那些炫目的数字，而是她讲话时的“估计、可能”这些词。夏天喜欢这些词语，这些词语让夏天觉得眼前的这个人是值得信任的。

其实，朱点妈妈并不清楚这几段视频会引发怎样的连锁反应，也并不清楚事态会如何发展。尽管有所期待，但她并不清楚。

她是在晚上八点的时候，把文章和视频发上去的。

文章要写得尽量简短，现在的人习惯了用微信、微博，已经没有耐心看长篇大论。朱点妈妈把文章的字数控制在一千五百字左右，如果超过这个字数，那么就要在题目下面注明：“本文有多少字，看完大概要几分钟，请慎重点入。”这个标注其实很有门道，这完全是在和读者玩一场心理战，认准了读者缺乏耐心，又看准了读者不愿意被小瞧。

八点四十的时候，点击量只有两千。

朱点妈妈去咖啡馆点了一杯半糖的太妃榛果咖啡。“左右世界”是一件很愚蠢的事，有时候，更好的做法是顺其自然，是等待。

“不要着急，也没有着急的必要。”咖啡喝到一半的时候，朱点妈妈又这样对自己说，“要等下去，前进的道路自然会打开的。”

十点去看的时候，点击量已经到达“10 万+”，公众号的后台收到了至少五十个请求转发的申请。

朱点妈妈拿起咖啡猛地喝了一口，因为喝得太猛了，咖啡呛了出来，棕色的液体喷在了键盘上。朱点妈妈慌乱地用纸巾去擦，对话框里跳出一连串没有意义的字母、符号，朱点妈妈又用删除键一个个删去。

作为一个新媒体人，朱点妈妈知道“10 万+”可不是一个容易得到的数字，这数字迅速活跃了她丰富的想象力。她仿佛看到屏幕后面一张张生动的面孔，他们在屏幕的那一端大声鼓噪：“哦——”“哇——”或者黯然神伤，独自垂泪。

朱点妈妈意识到，这三段视频触及了很多人的敏感点，例如“怎样对待老人”,例如“究竟什么是成功”。

三段视频各有拥护者,但很明显,支持孙浩和莉莉的更多,许许多多人在孙浩和莉莉的视频下面留言。现在大家都忙,都累,如果不是真有感触,写一个字都会嫌麻烦。

孙浩的演讲视频下面的留言已经有两百多条,每一条都是一个故事。

听孙浩演讲,我的心一直是揪着的。我的爷爷患有老年痴呆症,在床上躺了七年,渐渐不会走路,不会说话,不认识人,不会吃东西。爷爷在上个月离开了我们,家人有很多遗憾,没能多陪陪他。

外婆去世十六年了,但每到山楂成熟的时候,我都会想起以前外婆把吃不完的果子做成果丹皮，把黄瓜晾成干儿，把菊花晒成干花……孙浩好棒,你不只是在陪伴爷爷,爷爷也在陪伴你。

边看边哭，孙浩那么懂事，陪伴爷爷，我也想这么做，但是我做不到。自从有了我这个有缺陷的孩子，爷爷奶奶、爸爸妈妈就没有轻松过，整天围着我转。

我们都会变老，我们都会生病，生老病死是自然规律，对每个人都一样。

我奶奶也患有老年痴呆症，她每天都说她儿媳妇——就是我的妈妈偷偷拿了她一千块钱。妈妈都被她说哭好几次了。但妈妈知道，年纪大了的奶奶其实就是一个孩子，再老下去，就要“小”到穿“尿不湿”了。

好感动，一个人坐在高铁列车上哭成了傻子。

我也想爷爷了，爷爷最疼我了，他现在也有老年痴呆的趋势了，脾气越来越不好。他对所有人都发脾气，唯独对我没有。每次放假回家什么家务都不让我做，奶奶说他前几天还藏了好吃的留给我，可是他忘记藏在哪里了。孙浩做得很好，

我也要回家多陪陪爷爷。

我奶奶有帕金森综合征，后来瘫痪了，经常大喊大叫，每隔五六分钟就要叫我的名字。我后来厌烦了，就盼着上学、住校。我忘了小的时候只要一分钟看不见奶奶我就要哭的。

莉莉的演讲视频下面，留言也在不断增加，有很多读者留下了感触和思考。

这么好的演讲，我看了五遍。昨天我一直在想，怎样在终将平凡的日子里发现生活的意义，做一个忠于自我、平凡又不平凡的自己。

最终让我们的人生有所回味的，就是自己的喜欢、自己的坚持，我今年八十二岁了。

小时候，我最害怕妈妈对我说："我都是为了你好！"现在我自己当妈妈了，我除了告诉孩子应该怎样做，我想也要多问问他喜欢什么。

我读的小学是一所名校,学校有一句名言:第二名就是拉呱名。“拉呱”是我们这里的方言,最后一个的意思。每次听这句话,我就紧张,别说第二名,我读书的时候,第三名都没得到过。

对于家长来说,学这个学那个是为了成功,而对孩子来说,是为了快乐。

如果只有第一名是成功者,那么无论每一个人如何努力,我们大部分人都是失败者。

这还仅仅是个开始,每一条留言一经发表,起码会鼓舞一百个人继续留言。

朱点妈妈断定,在她经营公众号的过程中,这一定是值得纪念的一天。

她用心回复每一条留言,一直回复到凌晨两点。

当然，还有一个人比朱点妈妈更关注这件事，这个人就是夏天，他借了爷爷的手机一直在浏览。关于谁的演讲更棒，仅仅一天一夜，就有四万多人参与了投票，他随时可以看到票数在变化，旁边还配了一目了然的柱状图，孙浩和莉莉已经遥遥领先。

当孙浩和莉莉的票数不断上涨时，夏天想欢呼，他感觉血液不断往头上涌，他多么希望这四万多个人能排成一列，然后依次投出自己的一票。他希望李老师就站在那里，看到人们把票一张一张地投给孙浩和莉莉，他在大礼堂里受到的委屈只有在这样的想象里才能化解掉，他要李老师承认自己失败了。

于是，夏天把投票结果的柱状图打印了一份，偷偷放在了李老师的办公桌上。

19.李老师的信

家里不大来客人，要谈点正事，只能把餐厅临时变成会客的地方。

餐桌是长方形的，夏天坐在长边的一侧，对面是朱点妈妈，爷爷坐在侧面，奶奶在餐桌上放了一盘切好的橙子和用玻璃杯泡的三杯绿茶。嫩绿的茶叶，先是一片片浮在水面，然后变成一朵朵攒在一起，陆陆续续地往下沉。

真的被像大人一样对待，让夏天有些不适应。他自己先端起茶杯喝了一口茶，结果水太烫，于是忙不迭地把沾在嘴唇上的茶叶往茶杯里吐，连口水都吐出来了。

爷爷在旁边看着夏天笑。

“三段视频的点击量已经突破二十万了，还仅仅是在我的公众号上，这是从来没有过的。说明可能已经有几百万人看过这次演讲比赛，因为更多的人是通过门户网站，通过其他公众号的转发看的，最终人数可能要超过一千万。你们知道吗？丹麦一个国家的人口还不到六百万。”

“这意味着什么呢？”爷爷问了夏天想问的问题。

“哦，这是一件了不起的事。现在是眼球经济时代，许多人都在想方设法制造热门话题，但是有些团队努力很长时间也达不到这样的效果，所以夏天真的很了不起。”朱点妈妈又转向爷爷，“是夏天导演了这两段非常棒的演讲，当然，演讲这么受欢迎，其中也可能有运气的成分。”

朱点妈妈端起茶杯，啜了口茶：“现在我们需要利用这一点做些事情。孙浩和莉莉的演讲引起了强烈的反响，大家不光在看这两段演讲视频，也在看视频下面的评论，在这个过程当中形成了另外一种思考——大家都在思考到底什么是成功。”

这个想法让夏天有些不自在，他坐在椅子上不断地往后靠,这个复杂的局面让他有些难以理解和想象。

“夏天爷爷,现在我打算做一件事——趁热打铁,举办一次全国性的少年演讲比赛,我想让更多的孩子站到演讲台上,像孙浩、莉莉一样说出他们的故事。”

“这是你想做的,和我们夏天有什么关系呢?”爷爷问。

“事实上,我做这些事情确实可以把夏天撇开,但是我不愿意这么做,我为接下来的比赛已经起好了名字——‘41°C演讲’。41°C,火热,火热的夏天,火热的演讲,火热的人生……真的很棒。‘41°C 演讲’这个词,孙浩和莉莉在演讲中都提到了,现在学校的老师和学生都在打听这个社团,好奇的网友也在挖掘这个词的意义。我知道这是夏天的创意。

“所以,我希望夏天和我共同申请注册商标,我不希望有一天,有人说我占了小孩子的便宜。如果这个商标以后有经济收益,夏天就是共同的受益人。”

夏天把求助的眼神再次投向爷爷。

“你们别紧张,事实上,你们只要在这份已经拟好的申请文件上签名就可以了。成为商标注册人,无论从哪个角度看,

都没有坏处。”朱点妈妈从包里抽出一份文件放在桌上，然后补充了一句，“我不会骗我的校友的。”

“哇，一个十岁的孩子就要面对这样的选择，简直太酷了！但这要夏天自己决定。很多人认为年纪大了就能洞悉一切，没有的事。我只是一个上个世纪出生的不会开车的老头儿而已，现在的很多事都看不明白了。”

夏天看爷爷笑得那么轻松地说着这一切，他的心里就有数了。

“我还希望夏天能为新的比赛拍摄一段宣传视频。夏天，你是一个特别的孩子，你不能只站在幕后，你应该讲出自己的故事，现身说法，让大家知道什么是真正的酷。我希望我们举办的演讲比赛，让每一个孩子都明白——每一个人都可以成功，每一个人都可以惊天动地。”

夏天听得入了迷。他很喜欢这种感觉，这个大人说话时不是把他当孩子，就好像在和她的同事讨论一项工作。

“我通过很多途径去了解你。”朱点妈妈专注地面向夏天，“你喜欢问‘为什么’，你喜欢真相。有人说，没有真相是这个世界最大的真相。但追求真相没有错，这是一种很宝贵的品质，而你天生就有，这是多么酷的一件事。”

夏天感觉整个人都在发热。

“其实，李老师很喜欢你，他也是我了解你的途径之一。”朱点妈妈微笑着说。

“你是说李富贵老师？”夏天很惊讶。

“其实，李老师也是你需要去了解的真相，你未必真正了解他。”

朱点妈妈从包里拿出一个信封，又从信封里抽出一张纸，那是一张柱状统计图，正是夏天把它放在了李老师的桌子上。

“你一直觉得李老师不喜欢你，不喜欢你们。或许有一点儿吧。你想李老师看到这个投票结果，你想李老师承认自己错了，你这是在向他示威吗？”

记者说话总是这么直接，不拐弯抹角，听的人会迅速接收到真实的信息，快到连掩饰一下尴尬的表情都来不及。

爷爷一直在旁听，在这间屋子里，他年纪最大，但他表现

得像个局外人，像个插不上嘴的懵懂的孩子，他好像很享受这样安静地坐在一边。

但是现在，爷爷调整了一下身子，把椅子往夏天这边挪了两下，他从夏天和朱点妈妈的对话里，从这张纸里明白了一些事情。他有话要说。

“夏天，爷爷年纪大了，有时候真的讲不清楚。你知道爷爷一直支持你，但我希望你更多的是对事情较真儿，而不是最终成为一个总是给别人挑毛病的孩子。在寻找真相的过程中，爷爷希望你也能有一些理解和宽容在里边。”

“爷爷，夏天，你们或许还应该看一下这个。”朱点妈妈在心中呐喊，多棒的爷爷，多么和谐的家，“这是李老师写的，他托我转交给夏天。”

朱点妈妈把另一张纸推到了夏天面前，爷爷戴上老花镜也凑在旁边一起看。

在我的演讲教室里，并不是每个人都优秀。当然，如果只允许有天赋的人加入，那对其他人不公平。但是我始终认为不够优秀的人是不能登上演讲台的，他们要得到别人的尊重就应该付出加倍的努力。

但是，今年的演讲比赛确实变得不太一样。夏天是个特别的孩子，在我的教书生涯中，似乎也在等待这样的孩子。在他的秘密教室里——别以为我不知道，他和他的队员，带给我们两段很不一样的演讲。

如果让我重新评判，从演讲技巧的角度讲，我依然认为金磊是冠军。可是我承认，孙浩和秦莉洁同学的演讲让我明白了许多。对于“成功”，对于“优秀”，我以前是向外看的，忽视了向内看，真正的成功是认识自己，做自己喜欢的事，找到自己的人生使命。

每个人的一生都在寻找自我，成就自我，超越自我，每个人的一生都是一本荡气回肠的书。孩子也不例外。

这几天我偷偷去了儿子演出的酒吧，我认真听了他唱的歌，我从来没有试着去听他唱的歌。当我坐在酒吧的角落安静聆听的时候，我发现我的儿子并不是在乱喊乱叫，他是在很用心地唱歌，用他的方式。

我要感谢夏天。

20. 主动道歉

那张纸条已经待在夏天的衣袋里半天了，夏天时不时会伸手去摸一下，确认它是否还在那里。

他开始用的是从笔记本上撕下来的横格纸，但撕下来的那一边犬牙交错，太难看了，于是换成方格稿纸，最后换成有淡淡背景的信纸。

第一行字本来是“李富贵老师”，夏天想想不妥，又改成“尊敬的李老师”。

很多作家说写作很简单，拿起笔后就像打开水龙头，文字就像水源源不断地流出来了。但是夏天呢，呆呆地坐在椅子上盯着白纸，感到思绪打结，很长时间也没写出几个字。夏天就是找不到恰当的文字表达，这让他沮丧、羞愧，就像是给自己的肩膀挠痒痒，知道哪里痒，但自己的手就是抓不到那个地方。

差不多揉掉二十多张纸以后，夏天终于发自内心地写了下面这段话。

尊敬的李老师：

您的演讲课非常棒，我从您的课上学到很多，那天我在大礼堂里当着那么多人大声说比赛结果不公正，真的不太合适。爷爷说我太倔强，从不考虑别人的感受，其实我并不是有意让您生气，我就是忍不住。

夏天

可是最难的并不是把自己的心里话写出来，而是把这张纸条送出去。

当夏天走到演讲教室的楼层时，他一眼瞥见了李老师。他马上蹲下身子，把鞋带散开又系起来，站起身后又转身拐

进了厕所,可他就是在厕所里磨蹭了一会儿,有几个男生狐疑地看着他。夏天在心里对自己说:“你是世界上最没用、最糟糕的胆小鬼。”他都有些看不起自己。

这一整天,夏天都是躲躲闪闪,做什么事情都心不在焉。吃午饭的时候,有人喊着在饭盒里发现了头发,大家乱喊乱叫的时候,他还是一个劲儿地往嘴巴里塞饭菜。吴老师问他是不是身体不舒服,他只是勉强笑了笑,其实他根本没听清楚吴老师在说什么。

就这样熬到了下午,他身上竟然都出汗了。

原来说“对不起”比问“为什么”要难多了。

“或者趁李老师不在的时候偷偷放在他桌子上!”本来是一个问号,夏天硬生生把它改成了感叹号。

夏天观察了半天,然后抓住纸条往演讲教室走。他正准备把纸条放在桌上转身逃跑时,发现李老师正站在书架前整理书。李老师把书竖着排放,书脊一律朝外,有些书卷了角,他一页一页地翻起拉直,很认真的样子。夏天忽然觉得李老师有些孤独,现在想想,他在学校里似乎也不太和其他老师聊天儿。

“李老师。”夏天轻轻地叫了一声，然后舌头就像吃了半生不熟的柿子一样，麻木了，说不了话。

等李老师转过身来，夏天的脸已经憋得通红。

夏天双手把纸条递了上去，因为攥得太紧，纸都皱了。

李老师接了过去，只说了一声“嗯”。

没错，李老师只说了一声“嗯”。

夏天转过身，迈开腿跑了起来。他今天穿的是球鞋，走廊的地板又刚打过蜡，嘎吱嘎吱的摩擦声把整条走廊都吵醒了，正在上课的老师都往外看。

夏天才不管呢。

夏天觉得轻松极了。

21.盲人影院

夏天、孙浩和莉莉成了李老师的演讲社团真正的成员。

他们把座位调到了前面,是不知不觉调过去的。

夏天才发现,李老师确实有一些独特的训练方法。他以前也知道,只是没有现在感受那么强烈。

例如那节课,就把夏天深深吸引住了。

那天,夏天、孙浩和莉莉冲进教室的时候,就像是一头栽进了黑暗里。所有的窗帘都被拉了下来,光亮被隔绝在窗户外面。

夏天冲得过猛，小腿撞在了椅子上，疼得龇牙咧嘴，但夏天不敢喊出声。投影仪的一丝丝蓝光在李老师脸上闪动。

“现在你们走进了盲人影院。”

“盲人影院？”夏天觉得新鲜、刺激，黑暗里还混杂着一丝神秘。

“盲人怎么看电影呢？”这是他们的第一反应。

“是的，让盲人‘看’电影是一件很困难的事。盲人影院需要配备专门的解说员。为了让盲人听明白电影中的场景、天气、人物的肢体动作，凡是在没有台词对白的时候，解说员需要对画面做必要的补充描述。”

“为盲人解说电影很难吧？”孩子们很好奇。

“现在每个人都来体验一下盲人看电影的感觉。”

李老师给每个人都戴上眼罩，让所有人陷入黑暗中，大家安静下来，用耳朵去“观看”电影。

影片开始播放了，刹车声、说话声、打火机点火的声音一股脑儿涌来。同时，李老师略带沙哑的声音一直没有间断——一辆轿车突然出现了，车速在减缓，车窗摇下来了，车上一个梳着面包形状发型的漂亮女子探出头，向车外一个穿黑色风衣的男子借打火机点烟，这个陌生的男子凑上去，借着点烟的工夫突然狠狠掐住了这个女子的脖子……

大家真的把耳朵竖起来，努力去捕捉李老师的声音，根据李老师的描述，想象影片中的人物形象、表情、动作以及关系、位置、意境、色彩等。

灯亮了，窗帘拉开了，眼罩摘了下来。

还没等大家适应，李老师就问："你们知道给盲人讲解电影有什么讲究吗？"

大家七嘴八舌发表各自的观点和意见，李老师没说同意，也没说不同意，他开始讲具体的例子。

"其实，我是想通过这个练习让你们明白，有的时候，你在说一件事、介绍一个场景的时候，心中要装着听众，要讲得有画面感。

"比如'父亲对我说'这句话，就不如'父亲用双手捧着我的脸说'。

"比如'一个梳着奇怪发型的女人出场了'，就不如'一个梳着面包形状发型的女人出场了'。

“比如‘许许多多的工具，分门别类，摆放得非常整齐’，就不如这样形容——从地板到天花板，全是那种金属架子，架子上整整齐齐摆满了小盒子，盒子上都有标签，像是轴承、滚珠或角托架什么的。工作台上有木板架，上面是整整两排螺丝刀。还有一排锥子，从巨无霸大扁头的到小不点儿尖头的，有塑料的，也有铅质的，应有尽有。”

这节课，李老师讲了很多例子之后又总结道：

“今天这节课是有些特别，我只是想让你们明白，演讲必须心里有听众，你要经常想：

“我说的话，他们是否能听明白；

“我说的话，他们是否会感动；

“我说的话，他们是否会同意。”

“光说不练假把式，夏天，你来试一次。”

现在，让我给盲人讲解电影？这个任务实在太难了吧？夏天心里这么想，但嘴里冒出来的是：“我吗？”

李富贵老师的沉默就像个黑洞，夏天唯有硬着头皮不断说话才能将其填满。

等大家再次戴上眼罩，夏天开始讲了起来……

夏天的演讲训练，正式开始。

不仅是这一次，还有下一次。

22.41℃的酷少年

演播厅暗了下来，为了追求效果，朱点妈妈决定在电视台的演播厅里拍摄夏天的宣传视频。夏天的爷爷奶奶、爸爸妈妈都来了，孙浩、莉莉来了，李富贵老师也来了，还有部分老师同学和一些幸运网友……他们的到来让演播厅里的空气都有些湿润了。

尽管在李老师的演讲教室练习了许多次，但是想到要在聚光灯下讲那么长的一段话，夏天还是感到紧张。他的身体有些僵硬，颈部和下巴的肌肉紧绷着颤抖起来。

先是朱点妈妈录一段“开场的话”。

当幕布缓缓升起，一束灯光把朱点妈妈罩住的时候，人群中立刻响起了礼貌性的掌声。朱点妈妈微微笑了一下，她小学时就在李老师的指导下练习演讲，在大学时是辩论队的队员，毕业后又做过职业记者，因此她一点儿也不怯场，她的讲话动情但不煽情，给夏天上了一课。

前段时间，三个孩子的演讲视频触动了许多人的心。

我们发现，如果让孩子站上演讲台，让他们分享自己的人生故事，他们会给大人和同龄人带来启迪。我们发现每个人的成长都惊心动魄，每个人的成长都充满着喜悦。

金磊、孙浩、莉莉三个孩子的演讲，让我们思考：

怎样面对亲人的离世；

怎样面对一次又一次的失败；

怎样面对歧视和不公；

怎样奋不顾身地去追求自己的梦想；

又怎样在终将平凡的日子里发现意义，寻找价值，做一个忠于自我、平凡又不平凡的自己。

朱点妈妈站在台上，台风稳健，那些话在灯光和背景音乐中缓缓流淌出来。接着，朱点妈妈环视一下前面的观众，似乎在提醒大家她下面的讲话将换一种语速和节奏。

告诉大家一个好消息，为了让世界倾听孩子们努力长大的故事，让不同地域、不同背景的孩子更好地看见彼此，我们计划在接下来的几年时间里，搭建一个专业的演讲平台，那就是——41°C 演讲。

是的，“41°C 演讲” 这个词也是孩子们的创意，孙浩、莉莉，还有一位叫夏天的同学共同创立了“41°C 演讲社团”。他们的演讲追求真实、自然，他们对“酷”、对成功有自己独到的见解。

我们希望，孩子们在“41°C 演讲”里能讲述他们正在做的最酷的一件事，能讲述他们的内心世界——他们为什么哭，为什么笑，为什么纠结，为什么喜悦。

就像下面这个孩子的演讲。他就是“41°C 演讲社团”的发起人——夏天。

夏天的四肢僵住了，仿佛体内的血液在不停地倒流，舌头紧紧地粘住下唇不放，被掌声和欢呼声推上台的夏天一下子说不出话来。

大家好，我是夏天……

夏天听到了自己磕磕巴巴的声音在演播厅里回荡，扩音设备使他的声音更加夸张并且扭曲变调。

很长时间，我觉得我是一个不受欢迎的人。

在大人看来，我是一个怪孩子，我太较真儿了，太喜欢问“为什么”了，我一听到别人说“一定”“肯定”这些词，我就会不舒服。

如果你说：“明天一定会更好。”我就会问为什么，真的是一定的吗？

如果你说：“好人一定有好报。”我就会问为什么，真的是一定的吗？

如果你说：“狼一定不会吃人类给它的食物。”我就会问

为什么，真的是一定的吗？

如果你是我的家人、老师，你会被我弄烦的，你会觉得我是个怪孩子，是个病人。

夏天发现克服讲话紧张的最好方法就是开口讲，讲了几句话之后，夏天发现好多了，自己又可以控制心脏的跳动速度了。

“他这是在故意贬低自己，然后用了一连串排比，这样能让人印象深刻。”孙浩轻声地向旁边的大人介绍演讲的经验。关于“排比”，他也有些惊讶，要知道，“41°C 演讲社团”是拒绝“排比”的，可今天夏天用了。只要是好方法，大家都可以用，不是吗？

幸好我有个非常棒的爷爷，我问“为什么”的时候，他从来不嫌烦，他真的会和我一起去问，一起去查，查得比我还仔细呢。有的时候，我真的觉得爷爷比我大不了多少。

爷爷让我明白，我虽然考试得不了满分，在知识竞赛里也获不了奖，但我仍是一个好孩子，仍然是一个很酷的少年，因为我有自己的喜欢，有自己的坚持。爷爷用他的行动告诉我，最酷的事就是你全力以赴正在做的事。没错，你正在努力做的事是很酷的。

“重要的话可以重复，而且要说得慢。”这次孙浩因为过于兴奋，声音有些大，旁边有人做了个“嘘，请安静”的手势，孙浩才赶快闭上了嘴。

最近我正在努力做一件什么事呢？

一个偶然的机会，我那个经常要问“为什么”的怪习惯让我发现课文《地震中的父与子》里有个错误。课文里说1989年美国洛杉矶发生了大地震，你们知道我是个爱较真儿的孩子。我一查，发现1989年洛杉矶根本没有发生地震，连小地震都没有，哪里来的大地震？课文里竟然会出现错误，这让我很意外。那有没有可能还有其他课文也“犯错”了呢？

我真的找到了好几篇“犯了错”的课文。

《乌鸦反哺》是三年级的一篇文章，说小乌鸦长大后没有忘记母亲的养育之恩，捉虫子给母亲吃。可我查了很多资料，

生物学上已经证明乌鸦没有这种习性。

《爱迪生救妈妈》也是篇有错误的课文，课文说爱迪生七岁那年，妈妈得了阑尾炎，去医院来不及了，必须在家做手术。因灯光昏暗，爱迪生想出了用镜子聚光的办法，给妈妈成功做了手术。可是爱迪生七岁那年是1854年，而世界上第一例阑尾炎手术出现在1886年，也就是说，在爱迪生小时候，通过手术治疗阑尾炎的方式根本还没有出现。

于是，我把自己的发现写在信里寄给了教材的编辑，我请我的语文老师帮忙寄，我自己也寄，我不知道他们有没有收到，现在我还没有收到回信。

最近，我听说了一件让我激动的事。在很多国家，有很多大人和我一样，对“一定”“肯定”这些词特别敏感，他们每天都在给文章挑错，他们把这件事当作一项工作，这个岗位叫“事实核查员”。

没错，事实核查员，他们核查的主要是新闻报道。

是的，报纸上的新闻并不一定是完全正确的。有的记者并不是故意写错，只是大量的采访内容让他们在写作的时候很难记得准确。

1°C演讲
41°C

事实核查员的工作就是一句一句看，保证每一句都没有问题。

当我听到“事实核查员”这份工作的时候，我全身的血液都快速流动起来。我希望长大后也能够从事这样的工作，我觉得这是一份非常有意思的工作。

我知道“为真相而生”有时候并不容易，但是，我仍想去尝试。

是的，其实我们每个人都很酷，金磊想成为作家，他每天用文字记录自己的生活，很酷；孙浩喜欢和爷爷在一起，一有空就陪爷爷，很酷；莉莉和男生一起打篮球，也很酷。

你正在努力做的事是什么呢？

来吧，来到“41°C 演讲——我是酷少年”的现场，说出你的故事。

当夏天演讲完，整个演播厅响起持久而热烈的掌声。站在台上，听到掌声的感觉真好，夏天在掌声中回到座位。坐下之后，妈妈红着眼眶用手臂圈着他的肩膀，用力搂了他一下。

夏天的演讲视频在网上迅速得到了回应。

那几天，看过视频的大人们脑子里都在回响着这样一句话：“未来还是属于孩子的，我们不用这么焦虑。”

是的，夏天的宣传视频使“41℃演讲”再度成为焦点，一种对于“成功”的新看法和评价标准在关注中慢慢形成。

当大家对现在的孩子越来越失望的时候，许多“酷少年”突然从各个角落里冒了出来。其实他们本来就在那里，只是我们没注意到而已。报名参加演讲比赛的人数迅速突破五百人，他们报名时简要“介绍”了自己正在做的事，这些事实在太迷人了，朱点妈妈和她的团队成员看的时候经常惊呼起来：“哦，我喜欢这个孩子！”但这样的惊呼孩子们听不到，于是朱点妈妈和她的团队就在每个报名的帖子下面留下用心的“点评”。

九岁的林林为家乡的留守儿童在线教授英语。他的学生就是他的朋友，是每年寒暑假时认识的同龄孩子。为了上好课，林林非常认真地备课、画图、准备奖品。

评语：把朋友放在心里，把世界放在掌心，一起走向未来。

十岁的传皓为了解决老龄化问题，正努力设计一款社区服务App（手机应用程序）。

评语：小小年纪，就立志服务社区、改变世界，并一步步付诸实践。这是何等的胸襟！

十四岁的泽炎跟乡下的外婆住在一起，那是一个偏僻的地方，除了山还是山。以前他向往城市生活，他觉得自己是这个世界的局外人。现在，他喜欢上了阅读，也慢慢喜欢上了自己生活的这片山野。相比城市的车水马龙、日新月异，巍峨的高山、经典的故事更让人觉得踏实。

评语：生活中最酷的事，就是在波澜不惊中认真地做平凡的自己，就是对生活保持着一种可贵的敏感。

十二岁的明昊喜欢用相机去捕捉这个世界的美。他拍的很多照片让大家印象深刻。一张照片的画面是这样的：下雨了，一位老奶奶把两把伞撑在窗台外的防护栏上，因为下面的人家晒了一床棉被。还有一张照片是这样的：地铁上，一个小伙子偷偷为旁边坐轮椅的人拉住轮椅的把手，还把一只脚

卡在轮子下，以防轮椅滑动。

评语：他拍的照片，让我们感到这个世界充满了爱。

十一岁的思达喜欢动物，她养过很多动物，有一种动物特别值得一提——“中华鲎”。这是一种古老的生物，有“生物活化石”之称。为了养好中华鲎，她还特地营造了它所需要的全部海洋环境。思达在饲养的过程中还做了很多记录，现在已经有满满六大本观察日记。

评语：这是一个“达尔文女孩”，所有的发现都是从好奇和观察开始的。

九岁的云鹏最喜欢去的地方就是博物馆，他对博物馆里陈列的展品如数家珍。每逢节假日，他就到博物馆当义务讲解员，为了当好讲解员，他还研究相声。他认为，一个好的讲解员，讲解不仅要严谨合理，还要生动幽默。

评语：云鹏的讲解幽默风趣，但比幽默风趣更迷人的是虽然年纪小，但勇于追求渊博睿智的灵魂。

23.电视台的采访

宣传视频录制完,夏天逐渐感觉到名气的存在了。例如他在学校里走,会感到有很多目光投射到他身上。例如他和孙浩、莉莉去校门口的小店买香肠,老板会对他说:“嗨,你们可是小名人哪,给你们打个折吧。”

夏天在慢慢学着适应,他正在经历以前从来没有遇到过的事。这个世界确实变化太快了,连爷爷都经常在喊:“年纪越来越大,不懂的东西越来越多呀!”这不,夏天的演讲宣传视频一发布,有些事情更是持续发酵,几乎到了不可控制的地步。

夏天在演讲中提到的“有错误的课文”又让夏天成为大家关注的焦点。是的，这个社会和夏天一样，对有些词语特别敏感。有七家电视台想采访夏天，李老师也被裹进来了，因为李老师是语文名师，夏天又在演讲中特别感谢了他。

星期四放学后，电视台的记者带着摄像师站在李老师演讲教室的门口。夏天和李老师已经恭候多时。夏天很紧张，演讲是讲自己准备好的东西，是展示自己好的一面。但采访就不一样了，谁知道记者会问些什么呢？

早上出门的时候，妈妈一边帮夏天梳理头发，一边说：“你可不要乱说话哟。”妈妈有些担心，在镜头前说出的话是无法修改的。其实夏天很想问哪些话是属于乱说的话，但最终还是忍住了，因为妈妈也没有接受过采访。

摄像机的灯光非常刺眼，夏天忍不住眯起眼睛。

“你好，夏天，请问你为什么要给教材找碴儿？”

夏天吸了一口气，然后说：“我不是在找碴儿，我是真的发现课文有错误。”

“听说，你早就给教材的编辑写了信，至今没有收到回信，是吗？”

“嗯。”夏天说，“到现在为止还没有收到。”

“你觉得教材的编辑会给你回信吗？”

“我不知道。有可能他们根本没收到我的信，我地址写错了，或者中途遗失了。有可能编辑收到的信太多了，他们还没看到我的信。也有可能他们已经回了，我还没有收到……”

接着，记者转向李老师，问题变得更加直接：“您认为我们的教材编辑会重视一个孩子的意见吗？”

“事情的重点不是‘孩子’，而是这个意见是否合理，只要是合理的意见，相信教材的编辑会考虑的。”

李老师似乎完全没有被眼前的灯光和麦克风吓到，他直视着摄像机说：

“教材的编写者确实要用严谨的态度来编选课文，用科学的态度来编选课文，用求真务实的态度来编选课文。”

李老师还是喜欢用排比，但是排比容易让人感情用事，于是李老师又话锋一转：

“但是编写教材是一项浩大的工程，即使再认真仔细，有各路专家把关，疏漏也在所难免。再说，随着时代的发展、科

学的进步、认知水平的提升，教材也需要不断改进。”

李老师的话说得滴水不漏。

“那么，请问李老师，您怎么看待夏天这种给课文挑刺儿的行为？有人说像夏天这样的孩子以后会变得不相信权威，不尊重权威。”

记者的问题明显尖锐了，李老师停顿了一下，不慌不忙地回答：

“我们，包括我，都需要向夏天学习，我们有责任让教材尽善尽美。什么是权威，真正的权威是科学，是真相。夏天身上的批判性思维需要我们的鼓励，夏天身上的探究精神应该得到保护。”

李老师用微笑结束了采访。

“太牛了！”夏天对李老师顿时心生崇拜，尽管李老师右耳边的那缕头发也快掉光了。

24.永远 41℃

一转眼,又一个秋天到了。

黄色多了起来。尤其是银杏叶,黄灿灿,一树一树的,特别招摇。

桂树的黄色是点缀式的,那是米粒般的小花,但那点点黄色却让城市里的每阵风、每个角落都充满了香甜。

这是第二年的秋天了,时间就是这样,有点儿像田径场上跑步比赛时最快的那个人,一不留神就跑到前面,把你远远地甩在身后。

仅仅一年多的时间，夏天的个子又蹿高了许多，奶奶一直后悔给夏天买了一件名牌运动衣，给正在长个子的孩子买好衣服是最不划算的，才穿了一年就穿不上了，挺贵的呢。

但最大的变化是夏天似乎安静了许多。每个孩子都这样，长大一点点，内向一点点。当“一定”这个词从某个人的嘴巴里冒出来时，夏天可能还会抬一下头，执着地看他一眼，但不会再追问那个人为什么要说“一定”了。

老师们没觉察到这一点，他们是不知不觉忘掉“夏天原则”的，就像他们不知不觉把夹克衫穿到了身上。

与夏天的“冷静”相反，“41°C 演讲比赛”正像朱点妈妈预想的那样，越来越火热，有越来越多的孩子参与进来。“41°C 演讲” 慢慢成为这个时代中国孩子内心世界的一种表达方式。于是，“41°C 演讲”巡回到了各个城市：北京、上海、杭州、西安、济南、深圳……越来越多的孩子在讲述他们的成长故事，就像孙浩讲述如何陪伴他的爷爷，就像莉莉讲述如何在六十个男生的篮球队中求生存，就像夏天讲述自己如何给课文挑刺儿，追逐真相。

“41℃演讲”西安站——守墓人

在西安站，大家看到了一个少年“守墓人”——杨晨悦。杨晨悦带着对家乡、对历史的满腔热情，来到了“41℃演讲”大会上。在讲台上，她侃侃而谈，那份沉稳与笃定，不仅深深打动了现场几百位观众和收看网络直播的几十万用户，更打动了她的家乡父老。

当然，她逛的不是寻常墓地。生长于古都西安、为历史深深着迷的杨晨悦，一边读着史书，一边探访那些在历史上留下浓墨重彩的地方。秦陵、汉陵、唐陵等十多座西安城周边的陵墓，她都一一走过。她说自己很享受置身于陵区的感觉，幻想着自己与帝王对话，仿佛见证了一代代王朝的兴亡更迭。

“41℃演讲”新疆站——马语者

在新疆站，大家感兴趣的是“马语者”——她会根据马的外形、身材、脾气、爱好、速度来给马起名字。她会把自己的高兴、悲伤、烦恼都讲给马儿听。

她喜欢看赛马，但她并不想当一名骑手，她可不想让马儿在赛道上受伤。她只有一个小小的愿望，那就是当一名马

语者，能听懂马儿的语言，能和心爱的马儿一起聊天儿、唱歌、跳舞，这就够了。在她看来，马是会说话的。四个蹄子在那里不停地跺来跺去，就表示生气了。如果发出"呜——呜——"的叫声，那就是想吃东西了。

"41°C 演讲"深圳站——吟诵女孩

在深圳站，有一个女孩叫静怡，她在繁华的大都市里长大，却特别喜欢传统文化，这可能受她母亲影响。她喜欢穿汉服，喜欢唐诗宋词，喜欢吟诵。她是一位吟诵达人。她认为中国的诗词是最美的，那些课本中关于小白兔小猴子的故事真的像白开水一样平淡。在她看来，吟诵是最美的，不会吟诵，就不能领略中国诗词最美的部分。

这天，有人来找夏天，说李老师叫他过去。

走进演讲教室，透过窗户，与楼等高的一棵雪松最繁茂的部分映入眼帘，尽管是秋天了，依然青翠。这间教室一年四季都可以看到满眼的绿色。

李老师把一封信递给夏天，他用手指在信封上弹了一下，示意夏天打开。

信封是李老师用水果刀裁开的，切口整齐，夏天小心地抽出信纸。

打开信纸，最显眼的是最上面中间那一排大大的红字——××××出版社，右下角盖有一枚红色的公章。夏天的心被这些红色渲染得特别庄重。信纸上有这样一段话：

语文教科书，每一个读者都可以“吹毛求疵”，我们却有责任让它尽善尽美，感谢夏天同学反映的意见，《爱迪生救妈妈》等文章确实存在一些问题。

明年开始，所有旧版教材将全部更换为新版教材，旧版教材不再使用。在新版教材中，夏天同学及全国读者反映的有争议的文章不再选用。

教材竟然修正了，没有比这更好的结局了。夏天感到李老师灼热的目光在他身上熨烫，他一下子不敢抬头，他还没想到用怎样的热情去回应。

另一边，朱点妈妈收到一封邮件，是夏天发来的。

朱点妈妈放下正在喝的咖啡，立即打开邮件。一段文字中，有一段疑问跳了出来：

> 静怡正在做的事很棒，但是小白兔小猴子的故事真的不好吗？不会吟诵就一定读不懂诗词了吗？唐朝人真的像她一样吟诵吗？所有正在努力做的事就都是对的吗？

朱点妈妈抿了一口咖啡，对着邮件微笑：多好的孩子呀，还是那么较真儿，还是那么酷，一点儿都没变。夏天一直在关注“41℃演讲”，他对“一定”仍然敏感。

怪不得他叫夏天。

永远41℃。

永远火热。

《流鼻涕的秋天》

啊，啊，啊，啊——阿嚏！

秋天是我们班的“喷嚏大王”，一节课要打二十几个喷嚏，平均每两分钟一个，打喷嚏的同时还会喷出很多鼻涕，又脏又恶心，而他的考试分数永远是全班倒数第一。

这就是我这个月分到的新同桌，我真的希望他能离开这间教室，越快越好。

但是新来的路老师居然说秋天是她的“宝贝”：她会奖励秋天从国外带来的糖果，会用缜密的推理为秋天洗脱嫌疑，会让全班同学用放大镜欣赏秋天的作文……在她的班上，秋天再也不是一个“例外”。

六年级就要结束了，秋天的春天还会远吗？